잘 자요, 엄마

晚安，妈妈

[韩国] 徐美爱 / 著 魏莹 / 译

译林出版社

图书在版编目（CIP）数据

晚安，妈妈 /（韩）徐美爱著 ；魏莹译 . — 南京：译林出版社，2024.3

（后窗文库）

ISBN 978-7-5753-0015-5

Ⅰ.①晚… Ⅱ.①徐…②魏… Ⅲ.①长篇小说－韩国－现代 Ⅳ.①I312.645

中国国家版本馆 CIP 数据核字（2024）第 032945 号

The Only Child by Mi-ae Seo

Originally published by Elixir, an imprint of Munhakdongne Publishing Group in Korea
This edition is published by arrangement Imprima Korea Agency & Barbara J. Zitwer Agency through Andrew Nurnberg Associates International Limited

著作权合同登记号　图字：10-2021-384 号

晚安，妈妈　［韩国］　徐美爱／著　魏莹／译

责任编辑　赵　奕
装帧设计　胡　苨
校　　对　王　敏
责任印制　闻媛媛

原文出版　Picador, 2020
出版发行　译林出版社
地　　址　南京市湖南路 1 号 A 楼
邮　　箱　yilin@yilin.com
网　　址　www.yilin.com
市场热线　025-86633278
排　　版　南京新华丰印刷有限公司
印　　刷　江苏凤凰通达印刷有限公司
开　　本　880 毫米 ×1240 毫米　1/32
印　　张　7
版　　次　2024 年 3 月第 1 版
印　　次　2024 年 3 月第 1 次印刷
书　　号　ISBN 978-7-5753-0015-5
定　　价　59.00 元

比如说有一个很老的房间。

那个房间里塞满了我不想记住的事情，房门上挂着一把巨大的锁。

随着时间流逝，我渐渐忘记存在那个房间，最终会完全忘记它曾经存在过。

记忆实在是很奇怪。明明是绝对不可能忘记的事情，却在脑中被完全清除。这是在冲击之下的一种自我保护。大脑知道，如果持续去想它便会崩溃，所以自动将它清除了。最终，我们只会记得自己想要记住的事情，脑中只会留下我们能够承受的记忆。

有时我会想，我的脑子是不是出了问题。

是啊，我也有那样一个房间。

因为太过恐怖，我便将它塞进角落，上了几十把锁。有那么一段时间，我忘记了存在那个房间，但遗忘并没有持续很久。某一天，几十把锁同时被打开了。

即使锁被打开，我也不应该走进去，但我却没有抵抗住好奇心。然后，我意识到……

我打开了地狱之门。

第一章

1

6 月 17 日凌晨 3 点 37 分，位于首尔南山的消防总部接到报案，鹰岩洞地区发生了火灾。

报案信息显示在综合控制室的大屏幕上，与此同时，西区消防队、附近的派出所和首尔地方警察厅科学搜查系火灾鉴定班也收到了相同内容的通报。

消防总部火灾调查员李相旭当值，正在职员休息室里小睡。手机接到通知后，他一脸疲惫，揉着眼睛坐起来。前一天晚上写完报告已经凌晨 1 点多，他才合上眼睛睡了两个小时左右。

李相旭强忍困意，走出大楼，吹了吹冷风，这才勉强打起精神，夜晚凉爽的空气将刚睡醒时的不爽快全吹散了。

他走到停车场，上车之前给搭档柳东植警司打了个电话。对方也是刚从睡梦中醒过来的样子，声音有些沙哑。

“我已经起来了。”

看来首尔警察厅已经联系过他了。相旭能想象出，对方肯定正坐在床上摇晃脑袋，强忍住困倦，闭眼听电话，努力驱赶睡意。与体格很是不符，柳警司有时会做出一些小孩子一般的动作。

他忍住笑，告诉对方自己正要去现场。

“您也快点儿准备一下出门吧。”

“……等等。”

“嗯？”

相旭正想挂断电话，可电话那头的柳警司突然叫住了他。相旭重新把手机放到耳边。

“火灾现场在哪儿？”

警察厅方面应该已经向他说明了火灾发生的地点，估计他是刚睡醒没听清，或者想要再确认一遍。

“鹰岩地区，这次是在白莲寺路冲岩高中的路口那边。”

电话那边传来了柳警司的叹气声，然后又是一阵沉默，他大概是在努力让自己清醒过来。过了一会儿，相旭听到柳警司低哼之后嘟囔了一句，好像是在站起身的同时骂了句脏话。相旭可以理解他现在的心情。

“是啊，我也快被搞疯了。”

“知道了，我准备一下就过去，到现场再说。”

挂断电话之后相旭立刻上了车。

插上车钥匙发动引擎之后，他看了一下时间，已经过了4点。

天还没亮，估计路上车不会多，经过崇礼门，再到母岳斋，20分钟就能到，相旭驾车驶出停车场。这已经是鹰岩地区的第几起火灾了，他在心里默默回想了一下。

从春天开始已经连续发生了五起火灾，如今在鹰岩洞，划根火柴都会让人紧张起来。

第一起火灾发生在首尔市立恩平医院附近，是位于鹰岩七区的一个公寓楼建筑工地。

那是白莲山下一片大型住宅小区的施工现场，因为堆积的建筑材料和来往的卡车，周边非常混乱。

火灾就发生在从白莲寺路进入工地的空地处，还好并没有人员伤亡。虽然工地上堆积着大量木质复合板和各种易燃建材，好在看守的工人发现得早，火很快就被扑灭，没有造成太大损失。消防队也没有发现异常，将这场火灾定性为烟头或其他明火引发的意外事故。

但随后，以鹰岩地区为中心又连续发生了数起火灾，已经被认定为意外失火的第一场火灾也被重新调查。工地每晚都会关闭大门，附近根本不会有人来往，完全有理由怀疑是有人故意跑来放火。

最严重的是第三起火灾。

李相旭调查员和隶属首尔警察厅科学搜查系火灾鉴定班的柳东植警司就是在这个时候被调来加入搜查的。

火灾发生在白莲寺路鹰岩小学后面的鹰岩洞教会附近，当时刚好刮起了大风，火势很快蔓延到附近的居民区，有三栋房子起了火，其中一家三口未能从睡梦中醒来，在火灾中丧生。

当时是凌晨 3 点，但因为地点在住宅密集的小巷里，现场还是找到了目击者。

目击者是附近的居民，此人加班结束回家的路上，在火灾地点附近看到了可疑的人。那人走到大路上消失后，小巷里就起火了，但当时天色太暗，他没有看清那人的相貌和衣着。

相旭和柳警司为了查清楚起火点和起火原因，在现场遍地的灰烬中翻来覆去查找了很久，但火灾现场的情况和目击者的证词并不一致，调查陷入了僵局。而根据附近居民的说法，建筑公司和居民之间因为土地开发问题一直存在矛盾，他们认为连续的失火案一定与这有关。

过了母岳斋，从弘济三岔路口进入莫莱内路的时候，相旭的手机响了。

“你到哪儿了？”柳警司的声音有些低沉。

“您已经到了？”

“没有，我还在路上。”

“不是说到了现场再说吗……”

“这已经是第六起了吧？”

“是啊。”

电话那边好一阵子没了声音，相旭还以为是信号不好，试探地问了一句："您有什么事儿吗？"

"刚才……我做了个不太好的梦……"

"梦？"

令人不安的噩梦，再加上疑为故意纵火的案件，让柳警司非常焦虑。相旭因为柳警司突然露出软弱的一面有些讶异，他还从未见过对方这样，看来这次的事件让他压力很大。

虽然两人都在查看火灾现场，但立场稍有不同。

相旭的任务是对现场和目击者进行调查，搞清起火点和起火原因。而柳警司则要先和调查员一起对现场进行第一轮调查，捕捉到犯罪或是纵火的可能性后，他才会开始正式的勘验，寻找犯人留下的痕迹来破获案件。

对于相旭来说，他所有的任务都会在火灾现场结束，而对于柳警司来说，火灾现场只是他任务的起点。如果是牵涉犯罪行为的火灾，直到犯人被逮捕、案件全部水落石出，柳警司的工作才算结束。

虽然两人总是一起行动，也会对现场的情况交换意见，但柳警司的压力会更大一些。更何况这次是几个月内在同一地区发生了数起火灾，必须尽快破案的紧迫感更加重了他的负担。若在平时，他们本不需要随时待命，在接到起火报案的同时就立刻赶去现场。但现在，只要鹰岩地区发生了火灾，相旭和柳警司就会第一时间接到通知。

相旭一时不知该说些什么，他只希望今天这起火灾会是结束，犯人能够被逮捕，不会再发生类似的事故。

"你不相信预知梦？"

"信，我母亲怀上我的时候做了个特别厉害的梦，我就是因为那个梦才当上消防员的，我没跟您说过吗？"

相旭想要帮柳警司缓解一下紧张的情绪，连母亲的胎梦都端出来了。但这个故事柳警司已经听过几十遍，没等相旭继续说下去，就挂断了电话。

相旭笑了笑，放下手机，加快了车速。

在冲岩高中路口几米之外已经能感受到火灾现场的混乱。凌晨的马路上，出来看热闹的人群和减速慢行的汽车几乎堵住了前进的路。

相旭把警灯放到车顶，又鸣了好几次警笛，这才勉强进入了白莲寺路。他好不容易避开人群，把车停在路边，一下车便感受到了火灾现场的紧迫感。

紧急出动的消防车和消防员、在一旁待命准备运送伤员的救护车、维持现场秩序的警察，再加上因为火灾受到惊吓的附近居民聚在周围不肯离去。乍一看，火灾情况似乎相当严重。

相旭习惯性地看向有火苗蹿出的地方，火势基本被控制住了，急救队正准备进入现场。因为最近连续的失火案，相旭已经和西区消防队的队员们混了个脸熟，他边为他们鼓劲边观察四周的情况。

周围几十个人来来往往，相旭一眼便看见了柳警司。高个子、短发、精壮的体格，从远处也不难辨认。

柳警司站在警车后面观察灭火情况，摇了摇头，把一个哈欠强咽了回去。

相旭立刻朝那边走去。

“您还没睡醒呢？”

柳警司没有理会，拧着眉头远远看着从消火栓中喷出的水柱。睡眠不足，再加上最近连续的失火案，每天四处奔波的柳警司看起来非常疲惫。

“到底是哪个疯子搞出来的？”

“就是说啊。”

柳警司心里烦闷得很，用手胡乱在脸上抹了一把，环顾周围，向维持现场秩序的警员走过去。警员向柳警司报告了目击者的信息和灭火的情况，然后指了指便利店的方向，告诉他们报案人就在那边。

出来看热闹的人闹哄哄地聚在便利店门前，大概已经在这儿看了很久，待火势慢慢弱下去，他们也就一个两个地离开了。便利店里没有人，柳警司便出来四处寻找报案人。这时，一个穿条纹衬衫的青年有些紧张地回头看向他。青年在便利店打工，却没守在店里，跑出来和其他人一起看起了热闹。

“是我报的案。”

“我是负责调查火灾的警员，请你说一下当时的情况。”

人们的视线一下子都集中到店员身上，他挠着头看了看柳警司，开口道：“大概是凌晨 3 点半吧，店里也没有客人，我坐着有些犯困，就想到外面吹吹风，然后就看见前面巷子里冒出了黑烟。一开始我还没搞清是怎么回事，后来就看见黑烟里夹着火苗。我正想着不会吧，火势突然就变大了，我吓了一跳就赶紧打电话报警了。”

柳警司看向店员指的巷子，眉头紧锁地思考了片刻。

“那条巷子进去之后是什么地方？”

“那边估计是个死胡同吧？”

“你报案的时候看到可疑的人了吗？起烟的地方有没有什么人跑出来，或者在火灾发生前有没有陌生人在附近徘徊……”

“没有，我刚才已经说过了，我有些犯困才出来待了一会儿，后来忙着报警就没去注意别的……”

柳警司递给店员一张名片，请他如果想起了什么一定要联系自己，然后便走向巷子。

巷子里已经被消火栓渗出的水搞得一片狼藉，柳警司跨过地上的消防栓。巷子深处仍旧弥漫着黑烟，只见急救队员抱着一个十岁左右的小女孩正往外走。

柳警司不自觉地看向急救队员怀里的孩子，不知为何那总让人有些在意。他停下脚步，转身跟在急救队员身后。

急救队员将孩子抱上救护车后，便又回到了巷子中。

车上的救护人员给孩子披上毯子，问她有没有受伤，但那孩子什么话也不说，只是呆呆地望着巷子那边，双手紧紧抱着一个大大的毛绒熊玩偶。对一个刚从火灾现场被救出的孩子来说，她似乎过于镇静了。不过仔细观察过她的表情之后，柳警司立刻意识到，她是因为巨大的刺激整个人都僵住了。孩子面无表情，只有大大的眼睛偶尔会动一下，瞟瞟周围，似乎透着恐惧。好在从外表上看，她并没有受伤。

女孩呆呆地看着不断冒出黑烟的巷子，过了一会儿似乎清醒了一些，走下救护车四处张望起来。她在原地不知所措，似乎不知道应该回巷子里还是就这么离开，茫然地寻找着可以求助的人。

柳警司心里一紧。

在火灾现场，最让人难过的总是受害人。仿佛在睡梦中被惊雷劈中，一瞬间就失去了一直以来生活的家，不幸的话还要经历家人离世的悲痛。大部分受害人会因为巨大的冲击很久无法摆脱不安，火灾的记忆甚至会让他们很长时间都无法安稳入睡。

柳警司看着孩子在人群中四处寻找家人的样子，对纵火犯的愤恨更重了一层。

见孩子离救护车越来越远，柳警司赶忙走了过去。

“你要去哪儿？在这里等着更安全，而且你得去下医院。”

孩子清澈的眼睛望向柳警司，又大又亮的眼眸里装满了对于陌生人的警戒和不安。柳警司想要尽力减轻孩子的恐惧。

“别担心，等消防员叔叔们灭完火，你就能跟家人见面了。”

孩子听了柳警司的话，眨了眨眼，然后才仿佛突然想起了什么，低声说起话来。最初她只是动了动嘴唇，用似有似无的声音嘟囔，后来才看向柳警司，提高了声音。

“爸爸……”

“嗯？”

“我要去找爸爸。”

柳警司看向救护车，车门开着，但车里并没有其他被救出的居民。人如果已经被救，应该会被其他救护车送去医院。但如果没有被救出来，则很有可能还被困在已经变成一片火海的家中，他不愿对这种可能性做过多联想。不知该如何回答的柳警司四处张望，想找其他人来帮忙。

孩子像是想要寻求帮助，抓着他的胳膊晃了晃。柳警司低头对上孩子的眼睛，感到胸中一阵刺痛。也许是认识到了自己所处的境况，孩子的眼眶里蓄满眼泪，仿佛下一秒就会掉下来。和家人分离的时间越来越长，孩子因为逐渐增加的不安和恐惧发起抖来。

柳警司看了看周围，找到了相旭。

灭完火的消防队员整理着消防工具，相旭正跟他们确认灭火情况。只有准确了解灭火时的进入方向和过程，才能在调查时避免判断错误。柳警司在一旁等着相旭，低头看了看孩子。

相旭很快便结束了问话，向柳警司走过来。

“现在轮到咱们进去看了。”

火已经完全熄灭，相旭招呼柳警司一起进去做第一轮现场调查。这时，他的视线不由自主地看向了站在旁边的孩子，然后又一脸茫然地转向柳警司。柳警司朝巷子的方向抬了抬下巴。

相旭这才意识到这孩子是火灾的受害人，他立刻蹲下来，摸了摸孩子的头。

“吓坏了吧？有没有受伤？你妈妈在哪儿呢？”

“……死了。”

孩子强忍了好久的眼泪突然顺着脸颊流了下来。相旭被孩子的话吓了一跳，有些无措地看向柳警司。

“你妈妈……还在家里？”

孩子使劲摇了摇头，紧紧闭着嘴，像是不想再多说什么。提到妈妈之后，她的情绪明显更加低落了，将怀里的毛绒熊抱得更紧了。她避开相旭的视线，将脸埋到了小熊的绒毛里。

柳警司实在看不下去，低声对相旭说：“她爸爸好像出来了，她说要去找爸爸。”

“那坐救护车去医院就行了，估计会被送去西区医院，要我确认一下吗？”

“我爸爸在首尔医院。”刚才还一言不发的孩子，突然开了口。

“首尔医院？”

柳警司愣愣地看了看她，然后又看向相旭。

“这附近有叫首尔医院的？”

“不知道，没听说过啊。”

西区的火灾伤员都会被送到几家指定的医院，但其中并没有首尔医院。也许是两人的对话让人听得着急，孩子伸手擦掉脸上的眼泪，从口袋里掏出一张名片递给相旭。

“这是我爸爸的电话号码，请打电话给我爸爸。”

相旭接过名片，一头雾水地看了看孩子，然后看向柳警司。

“干什么？还不快打电话。”

相旭赶快掏出手机，拨通了名片上的号码。

“喂？请问……是尹在成先生吗？”

电话那边传来的声音听起来还没完全清醒，似乎完全不知道发生了火灾。没有人会在凌晨被电话吵醒后还能保持好心情，孩子的父亲没好气地问有什么事。

“您的女儿正在找您。啊，这里是鹰岩洞，刚才发生了火灾……对，对，是的。在迎月路的住宅区这边。对……不用担心，孩子没事。对……好。”

孩子的父亲听到火灾的消息后吓了一跳，反复确认过地址后，说自己会立刻赶过来，然后便挂了电话。

相旭刚放下手机，孩子便抓住他的裤子。相旭立刻低头看了看孩子，只见她期待地眨着眼睛问：“爸爸会来吗？”

“嗯，在这里等一等，他马上就会过来。”

孩子听到后便安下心，表情放松了不少。他们能感受到，她脸上的不安和恐惧一瞬间便消失了。救护车已经离开，柳警司和相旭将孩子交给警员后，向巷子里的火灾现场走去。

急救队员都离开了，剩下的消防队员将烧焦的门板打碎卸掉，进入房间四处检查。柳警司和相旭也开始查看现场。

位于巷子尽头的独栋住宅和旁边的低层楼房受损最严重。

柳警司和相旭先走向了独栋住宅。

一走进大门就能看到院子里种着几棵树，还有一栋平房。院子在灭火的过程中已经变得一片狼藉，到处都是从房子里流出来的黑色污水。柳警司和相旭打开手电筒，仔细地看了看已经变得一片黑焦的房屋外墙，然后开始查看起四周。

房子几乎全被烧毁，窗子也碎了，墙面被乌黑的烟灰覆盖着。紧挨着这栋房子的二层楼房也起了火，阳台的窗户全碎了，能看到屋子里面一片焦黑。家电和家具都被烧得变了形，被冲击力极强的水柱冲过之后，黑色的污水滴滴答答往下落，凄惨的景象让人不敢相信这里曾经有人生活过。被火焰席卷而过之处都如地狱一般，墙壁上的烟灰仿佛火焰留下的脚印。

柳警司和相旭避开地上一摊一摊的水洼，检查起墙壁上留下的烟灰痕迹。

“看样子火是从独栋住宅烧到二层楼房的。”

柳警司听到相旭的话后点了点头，他绕到平房的后面，查看起两栋建筑之间的空地。

平房的围墙和楼房的外墙离得很近，那之间可能堆了不少物品，被火一烧，只留下一堆焦黑的残渣。完全被水打湿的残渣仿佛还有些不甘，不时冒出一丝黑烟。

相旭用手摸了摸，又搓了搓蹭在手指上的灰烬。他用脚拨弄了一下地上搅成一堆的残骸，然后凑上去闻了闻气味。

“有木材和化学制品，可能还有塑料泡沫。”

“应该是盖房子剩下的东西，门板或者是建材之类的。”

“嗯，看起来是。”

如果这片空地没有堆放物品，火势也许并不会烧到旁边的楼房。堆放在两栋房子之间的木制复合板和塑料泡沫变成了将火势引过去的媒介。

柳警司和相旭重新回到平房前的院子里。这时，屋子里的消防员喊着屋内有尸体。紧接着一名消防员急忙跑出去拿担架。

柳警司不由自主地皱起了眉头。

凌晨发生的火灾，大部分人都在睡梦中，难免会造成更大的人员伤亡。平房中的这一家人大概也睡得很熟，没有察觉到失火，就这样离开了人世。柳警司为防万一，和消防员一起进了房间。

刺鼻的烟味直冲进肺部。柳警司掏出口罩戴上，走进卧室。守在卧室里的消防员看到他后点了点头，柳警司也似有似无地打了个招呼，然后便查看起房间里的尸体。

一共有两具尸体，并排躺在床上，看起来是在睡梦中死去的。烧得焦黑的尸体像是一对夫妇。柳警司强忍着胃里涌上来的不适感，用手按住口罩。

尸体和屋内的状况让他本能地察觉到一丝异常。

思绪似乎被某种难以说明的感觉绊住了。柳警司重新走到尸体旁边，翻开烧得只剩下一半的棉被，被棉被盖住的部分并没有因为火势受到损伤。柳警司很惊讶，不过他十分谨慎，没有急着下结论。

相旭走进卧室，刚看到尸体就后退着走出了房间。他做了很久火灾调查员，但仍旧尽可能回避着现场的尸体。柳警司从卧室里出来，他让消防员先不要动卧室里的东西，然后走出了大门。在院子里徘徊的相旭跟了上去。

“这么着急要去哪儿？”

“去车上拿相机。”

“我这儿有相机啊。”

“不是那个，我去拿我的相机，我得亲自拍。”

察觉到柳警司的语气有些僵硬，相旭立刻收了声。需要用到柳警司自己的相机，意味着这个案件不单纯，很有可能与犯罪有关，所以需要更缜密的现场勘查照片。

这时，相旭口袋里的手机响了。他看了一眼号码，接通电话。是刚才那个小女孩的父亲。他已经到了附近，询问孩子在哪里。

“巷子入口应该有辆警车，您去那儿就行。”

“孩子父亲来了？”

相旭挂掉电话后正想跟上柳警司，却被他拦了下来。

“怎么了？”

“我去见见孩子的父亲，你在这里守着现场。”

为了防止现场被破坏，柳警司让相旭留下，自己走出巷子，朝大路边上的警车走去。

刚才还十分混乱的巷子此刻已经冷清下来，消防车和救护车基本都撤了，看热闹的人也少了很多。火已经被扑灭，时间还早，人们都回家去补觉，或是早早地准备去上班了。

柳警司从自己车里拿出相机，向警车走去。他没看到穿制服的警员，环顾了一圈，然后看向车内。

孩子躺在后座上睡着了。

因为火灾受到不小惊吓的孩子，在听到父亲会赶来的消息后，完全放松下来。

她在睡梦中也紧紧抱着小熊不放，不时会咳嗽两声，皱着眉头似乎不太舒服，大概是因为在火灾现场吸入了烟。只见她摸索两下，确认了自己怀里的小熊后，便又安心了一般，安静地睡了过去。柳警司看孩子经历了如此大的事故后还能沉沉入睡，心里有些难受，她以后不知会有多少日子因为今天的记忆而无法安心入梦。

“啊，孩子睡着了？她刚才说嗓子疼，我就去买了牛奶……”

柳警司回头，看见警员手里拿着牛奶和零食，也是一副于心不忍的模样。

“她家人呢？”警员问道。

“她父亲说马上就到。”

“那就好。”

柳警司默默地看了一会儿孩子，然后抬头看到了貌似是孩子父亲的男人。

男人停车后，十分慌张地下了车。

他急急忙忙跑向巷子，看到正忙着善后的消防员，有些惊慌地停下了脚步。他朝巷子里望了望，被眼前的景象惊呆了。

“是尹在成先生吗？”

男人转过头看向叫着自己名字的柳警司，立刻走过去。他一脸恐惧，声音里透着慌乱。

“啊，孩子呢？”

“不用担心，孩子在那边睡着了，没有受伤。”

男人赶忙跑向警车，看到熟睡中的孩子后才安下心来叹了口气，然后转向柳警司问道："那孩子的外公外婆呢？受伤了吗？他们现在在哪儿？"

"伤员都被送到附近的医院了。"

柳警司刚想说自己会向医院确认，却突然停了下来，他有一种不好的预感。

"请问……二老家的位置是在……？"

"巷子尽头。"

"是二层楼房旁边的独栋平房吗？"

"对，怎么了？"

柳警司的脑海中突然浮现出盖在棉被下面死去的夫妇，原来那对夫妇是孩子的外公外婆。

男人看到柳警司的表情后立刻明白了，他一副无法置信的表情，张着嘴睁大了眼睛，一时间不知道该说什么。

"两位……都没了吗？"

柳警司避开视线点了点头，男人紧绷的身子一下子瘫了下来。

"那……那遗体……被送到哪里去了？"

"这……"

柳警司有些难以开口，目前事件的真相还不够明朗。

要进行过现场勘查和尸体解剖后才能准确了解情况。而且面对失去了亲人的家属，柳警司怎么也说不出口，这也许并不是意外，您的亲人是被杀害的。最终，他决定先不详细说明，具体情况在受害人家属消化了第一波冲击后再说也不迟。

"您先把孩子接回去，我们会再联系您的，孩子应该很累了。"

男人这才想起一边的孩子，看向警车点了点头。

"您的夫人也住在那里吗？"

"什么？"男人一脸惊讶地看向柳警司。

孩子刚才说母亲死了，房屋内还没有检查完毕，也许还会出现其他尸体。

“没有，我妻子……一年前去世了。”

“啊……对不起，是我误会了。”

柳警司道歉后，男人立刻摆了摆手说没事，然后走向警车。

柳警司看着他打开车门，将孩子抱到怀里，这才重新走回巷子里。

他摩挲着手里的相机，脑子飞快地思索着：这是杀人案……这次必须要换一个角度检查现场了。

不知不觉太阳已经升了起来，周围逐渐变得明亮。

2

留在你脑海中最久远的记忆是什么？

拉着妈妈的手去幼儿园？不，还有更久远的记忆，是出生来到这个世界之后便被刻在大脑褶皱中最初的记忆。

有人说，人不会记得自己婴儿时期的事情。也许是因为过去太久被遗忘了，抑或是因为那些记忆不怎么重要，所以被当成废物处理掉了。总之我好奇的，是那些没有被人们遗忘，留在大脑深处最初的记忆。

“留在你脑海中最久远的记忆是什么？”

见到他人的时候，我总会先问出这个问题。我总觉得留在人脑海中最初的记忆能够决定他的命运和性格。通过那个记忆就能够了解他是一个什么样的人。

在我所听到过的回答中，最久远的记忆来自一个男人，他说他记得自己周岁生日时的海带汤。

周岁生日的话，就是出生一年后的那天。我问他为什么会记得，他说，自己当时一看到摆在面前的海带汤就吐了，所以一直也没能忘记。他后来也绝对不会喝海带汤，连看都不会看。我偶尔会和这个男人一起喝酒，他说自己呕吐的习惯也许就是从那时开始的。

这种肮脏的故事竟然成了最初的记忆，换作是我估计也会想吐，但它还是远远好过了我的记忆。

我呢，有时候会有这种想法。

躺在舒适的椅子上，在催眠师的操纵下开始回忆。随着时间倒流，就会记起小时候，婴孩时，还在母亲肚子里的时候。有人甚至能够记起前世。当然，我并不想知道自己的前世，我并不相信那些。

我只想知道，当我将黑暗撕裂，来到这个世界上的时候，母亲看到我第一眼时的表情。我想知道母亲那时的表情。

为什么？

也许是因为母亲说过，她从生下我之前就一直憎恨着我。

母亲说，她生下我之后，根本没有看过我一眼。护士将我抱到她身边的时候，她也不想碰我，将我推到一边后就睡着了。她睡梦中背对着我，无意之中翻了个身，醒来看到眼前的我时，吓得一阵恶寒。被推到一边后不哭不闹，只是安静躺在那里的我，竟可怕到让人毛骨悚然吗？

我想知道，是不是真的如母亲所言，她一眼都不曾看过我，一瞬间也不曾看着我微笑。明明是十月怀胎生下的孩子，是被她带到这个世界上的存在，却真的只有憎恶吗？

真的一次也没有对着我开心笑过吗？真的未曾想过伸手去摸摸那双柔嫩的小手吗？真的从没有亲吻过那胖乎乎的脸颊吗……我记不起那么久远的事情，但我还是想扒开大脑的褶皱看一看，会不会有那样的一个瞬间，即使只有一次也好。

如果你现在能看到我脑海中关于母亲的记忆，你就会理解我。

我脑海中最初的记忆从黑暗中开始。

胸口像是被撕裂一般地疼痛，喘不过气来，不断挣扎。突然间黑暗散去，面无表情的母亲出现在眼前俯视着我。终于能够重新呼吸的我大口喘着气，透过眼泪看着模糊的世界。等到胸口的疼痛好不容易消失，能够正常呼吸的时候，愣愣盯着我的母亲突然开始尖叫。她撕扯着手中的枕头，痛苦地哭喊着。那声音太可怕了，强忍着泪水的我也跟着大声哭了起来。母亲抓着我摇晃，更加大声地叫喊，全身剧烈地挣扎抖动。我不记得那是几岁的时候，两岁？三岁？那时我还不会说话，大概就是那个年纪了。

对，出生到这个世界上后，我所拥有的第一个记忆，就是被母亲手中的枕头捂住，痛苦挣扎。第一个记忆是这样，那之后的事情也不必多说了吧？

回想和母亲在一起时发生的事情，不是挨打就是逃跑，要不就是蜷缩在角落里，无比恐惧地将身体隐藏起来，害怕被她发现。

母亲偶尔也会对我笑。每当这时，她一定藏了棍子在身后，准备抓住逃跑的我，或是怀有其他残忍的心思。当我一时被那笑容欺骗，走近她时，母亲便会粗鲁地抓住我瘦弱的手臂，狠狠地拧扯，或是甩下几个耳光。

我每次都下定决心不再被母亲欺骗，却总是会傻傻地再次上当。当我跑得比母亲更快之后，她便会扯着嗓子放声大骂。

不过你知道吗？

比起火辣辣的耳光，从口中说出的话语带给人的伤口更深更痛。抓不住我，她便盯着我发疯似的大声嘶喊。即使我捂住耳朵，她的咒骂也能刺进我的脑海。那些咒骂在我心里留下伤口，慢慢化脓。我的内心充斥着肮脏的污血和脓液，还有污秽的话语和念头。

小时候我根本无法正常和人对视，只要听到有人靠近的声音，我就会心跳加速全身僵硬。若是不小心和人对上了视线，我会立刻避开逃走。我以为世界上所有的人都讨厌我。

我以为，所有人都憎恨我，我的出生不被祝福，所以我才会每天被母亲殴打。我以为，我的存在就是一个灾难。直到后来我才知道，憎恨我的只有母亲。

你问我恨不恨她？

不，不恨。我怎么会恨她，她是我母亲啊。

我爱她。

3

教室的灯一亮，学生们仿佛从噩梦中苏醒一般，放松下来长吁一口气。

坐在窗边的学生立刻把挡住阳光的窗帘拉开，打开窗户。阳光照进教室，新鲜的空气涌进来，沉闷的气氛中这才生出了一丝活力。不久前让学生们战栗的犯罪案件在阳光中渐渐散去。

善景关掉了 LCD 投影机，看向学生们。

她能透过他们之间的窃窃私语感受到隐约残留的不安和恐惧。逃离噩梦折磨的瞬间，梦境便不再会威胁到现实，学生们不久前感受到的恐惧也会从脑海中消失。

刚刚开始上课的时候，他们的眼中还满怀着好奇和激动。

他们兴奋的表情中充满了期待，仿佛在说，终于等到了。的确，他们已经等了一个学期。但是，从幻灯片打在屏幕上的瞬间开始，便不再有交头接耳的声音，活跃的气氛不知何时变得无比沉重。

幻灯片一张一张地翻页，教室四处传来惊慌和恐惧的吸气声。所有人的视线都集中在屏幕上，教室里安静得连笔掉在地上的声音都异常清晰。学生们听着善景讲解，巨大的冲击让所有人表情僵硬。

没有什么比现实更加可怕。

实际发生的案件现场让他们感受到了远远超越恐怖电影的残忍。连系代表也震惊得说不出话来，他在上课之前还满心好奇，有些激动地宣称没什么能比血腥恐怖片更可怕。但现实和虚构之间有着他们无法想象的距离。亲眼看到犯罪者如何利用扭曲的想象力将被害者摧残后，这些实际发生过的残忍案件给所有人带来了巨大的冲击。

善景一年前在这所大学里做过一次报告，之后正式开设了课程，她苦恼了很久应该用怎样的内容结束一学期的课程。犯罪心理学概论，免不了要涉及很多心理学家的理论和专业词汇，但这并不是善景真正想要讲授的内容，学生们也有相同的想法。

从第一天开始，学生们就对善景充满了兴趣和期待。一年前在学校做报告时留下的传闻和学校网站上善景的简历刺激着他们的好奇心。

第一节课上，某个学生为善景起了绰号：克拉丽斯。

《沉默的羔羊》中，美国联邦调查局实习特工克拉丽斯，在天才连环杀人魔汉尼拔的帮助下破解了连环杀人案。在学生们之间，善景在联邦调查局——而且是联邦调查局的行为分析部——接受过培训的传闻早已传开，因此从第一节课开始，对于善景的提问便一个接着一个。

最初善景非常惊讶，她不明白学生们为什么会问她那样的问题。直到听说了学校网站上关于自己的介绍，她才意识到他们误会了什么。

曾在美国联邦调查局行为分析部进修。

和系主任面谈时随意说出的几句话被写进了自己的简介，学生们看到之后误以为她像《沉默的羔羊》里的克拉丽斯一样接受了调查员培训。她想解释这只是误会，但学生们满是好奇和羡慕的眼神让她犹豫了。

在联邦调查局接受过培训是事实，但和学生们想象的有些差距。

善景接受的只是一个面向美国东部地区大学犯罪心理学专业优

秀学生的两周培训。说是两周，但一周只有五天，总共也就十天而已。在联邦调查局学院的巨大建筑中，刚勉强熟悉到能够找到洗手间而不迷路，培训就已经结束了。关于行为分析部，她也只看到过部门的门牌。那些擅长犯罪侧写的专家特工，也只是在大讲堂上课时远远地见过。说起来，这只能算是联邦调查局的一个宣传项目，一种参观性质的进修。

但学生们不可能知道这些，他们的眼里充满了羡慕。善景本想含糊两句就跳过这个话题，但学生们没有轻易放过她。最终，她只能从两周培训中发生的插曲和当时从室友那里听来的逸闻中，挑了几个讲给学生听。

那时她随口提了一句，如果有机会，可以为他们讲一讲在联邦调查局培训时了解到的连环杀人案件。学生们过了一学期都没有忘记这句话，最后一节课的主题就这样确定了。善景觉得以此作为犯罪心理学的最后一节课也不错，做了充分的准备。

为了不让学生们的期待落空，她花了大工夫在网上搜索，还给美国的朋友写了邮件。还好网上能够找到足够多的图片资料，剩下百分之二的不足靠杰西的帮助也能弥补了。

杰西曾是善景的室友，毕业后在私人设立的犯罪研究所做研究员，找资料对她来说不算难事。她很爽快地答应了善景的请求，帮她找到了需要的资料。多亏美国公共机构的信息公开系统，善景收集到了远超预想的资料。她在邮件中表示了感谢，还将学生们称自己为克拉丽斯的事情告诉了杰西，杰西回信说：如果哪天见到了韩国的汉尼拔，替我向他问个好。

最后一节课顺利结束了，善景边收拾边想着要再给杰西发封邮件，这时听到身后有人叫道："教授。"她回头，看到坐在窗边的学生正举着手。

善景点了点头，那个学生便起身问道："我之前听说过一些关于连环杀人犯童年的传闻，那连环杀人犯能在他们幼年时就被发现吗？”

善景明白他为什么会问这样的问题。他现在脑子里一定十分混乱，那些人为什么会变成连环杀人犯？千万个疑问一瞬间在脑海中涌现。

“这是20世纪百年间心理学家一直在研究的问题。犯罪心理学家想知道犯罪的根源到底在哪里。在遗传和生物学方面寻找证据的学者认为那是天生的，对犯罪者的成长过程和社会环境进行观察的学者认为是环境造成了犯罪。还有一些学者专注于研究犯罪者的脑部图片，他们认为犯罪是脑部损伤的结果。”

善景停顿了一下，缓缓看向讲台下每一名学生。

“到底哪一个才是正确答案呢？”

所有人都像被什么吸引住一样，他们看着善景，等着她继续说下去。

学生们似乎还不希望下课。善景心里很满足，顿了顿。

“……你们听说过麦当劳三角形吗？”

“麦当劳的话，当然是汉堡、薯条和苹果派啊？”教室后方的一个学生开玩笑道。

认真听课的学生们笑了起来，善景也笑着点了点头。

“麦当劳也是人名，我说的麦当劳是美国的心理学家。他提出，通过尿床、纵火、虐待动物这三种儿童时期的特征能够判断一个人是否有精神疾病。大家听说过这三种特征吧？”

“这不是连环杀人犯儿童时期的特征吗？”坐在前侧的一位女学生回答。

“对，这是连环杀人犯的共同特征。当然也有例外，但大部分的连环杀人犯小时候都有过这些行为。在座的各位中有小时候尿过床的吗？”

善景看向学生们，举起了自己的手。

学生们互相观望，看周围有谁举了手。最先提问的学生举起手后，随着一片笑声又有几个人举了手。

“我能看到有几个学生虽然没有举手，但是用表情承认了。”善景开玩笑道。

教室里响起了比刚才更多的笑声，气氛缓和了不少。

“好，那这次请小时候玩过火的人举手。”

比起第一个问题，更多的学生举了手，大家都没有犹豫。

“那么最后，虐待过动物的人？”

这次没有人举手。善景环顾了一圈说：“我上小学的时候流行过一种游戏。那时有小贩来学校门口卖小鸡，男孩子们会攒钱把小鸡全部买下来，然后跑到房顶的天台……之后发生了什么你们都应该清楚。”

女生们用手捂住嘴皱起眉，男生们的反应却不太一样。他们像是这才想起来一般，对周围的朋友点点头，看向对方的眼神传递着只有他们才懂的秘密。

“对，就像大家想的那样，他们将小鸡一只一只扔下去。那是一种好奇心，不是出于残忍而做出的行为，应该说是一种实验精神，想要知道小鸡从这个高度掉下去到底能不能活下来。我们暂且把它当作是测定小鸡飞行能力的一种实验。”

女生们仍紧皱着眉头，男生们的表情却有了变化。而且和朋友一起时，行为会变得更加大胆，即使并没有积极参与，也有不少人有过类似的经历。善景笑着重新问道：“以动物为对象，因为好奇心做过实验的人？”

“解剖青蛙也算吗？”

“如果不是别人要求，只是出于好奇心的话就算。”

这次很多学生举了手，其中还有几名女生。

“好，到现在为止，三个问题都举了手的人？”

有四个学生举手。其中一人举手之后瞄了一眼周围，又慌张地把手放下摇了摇头，因此周围又响起了一阵笑声。

“好，在教室里就有四个人，那大家身边有连环杀人犯吗？”

一个学生开玩笑地用手指了指自己，想要引起大家的注意，直到被旁边的朋友们数落了一番之后才安静下来。

“大家现在知道问题出在哪里了吧？对，就是将特殊情况一般化时会产生的错误。虽然那些的确是连环杀人犯小时候的特征，但反过来的情况并不成立。也就是说，有这些特征的人并不全是连环杀人犯。不，实际上连环杀人犯在其中所占的比重非常小。”

“教授您认为哪种看法是正确的？是遗传还是环境？”

“心理学的问题没有正确答案。借用爱因斯坦说过的一句话，人类开辟的最后一片领域不是宇宙，而是我们的内心。”

对于在学习中总是能得到准确答案的学生来说，心理学也许是一门含糊且沉闷的学问。学生们表情严肃，仿佛在仔细琢磨善景的话。她看了一眼挂在教室墙上的钟，已经过了下课时间。

“还有其他问题吗？”

学生们知道马上就要下课，纷纷开始收拾书包，这时一位戴着黑框眼镜的学生举起手。其他学生停下收拾的动作，看向他。

“小时候有过同样的经历，为什么只有他们变成了连环杀人犯？”

这是能够预想到的提问，也是善景不断向自己提出的问题。

为什么？为什么他们变成了连环杀人犯？

然而，没有比为什么更难回答的问题了。人类实在是一种太过复杂的动物，为了寻找那个答案，她自己也还有很多需要去学习。对于刚踏入犯罪心理学领域的善景来说，这是她无法回答的问题。到底何时才能找到那个答案呢？

“我能够说明连环杀人犯是如何杀人，如何分尸，甚至是如何吃下去的，但他们为什么会变成连环杀人犯，说实话我也不知道。行为是可见的，但关于这个行为的原因，连当事人都无法完全说清楚。”

提问的学生对于善景的回答似乎并不满意。善景看着他补充道：“但是我这样想过。大家小时候经历过的事情，比如抓住蝴蝶或是蜻蜓，扯掉它们的翅膀，用脚去踢小狗，或者像刚才说的那样，把小鸡从屋顶上扔下去，这些经历在大家的心里会留下某种残象。因为好奇心做出的事情，如果没了兴趣就不会再去做，或者某个瞬间突然意识到，这种行为令人厌恶，非常可怕，那么就会停手。就像我刚才说的，那是儿童时期必须经历的一个过程。”

善景稍作停顿，整理了一下思绪。

“但是有些人的好奇心会逐渐进化。从小昆虫开始，到小鸟或老鼠这种小动物，然后再到更大型的动物。对他们来说，这种经历不是令人厌恶或可怕的事情，而是充满了趣味，并逐渐想要更加投入，于是他们的实验就转向了人。刚才我们在受害者尸体上看到的那些让人不解的摧残和只属于他们的标记，就是他们精神的反映。”

“这么说您也认为是天生的？”

“其中应该会有天生的部分，但不能说是全部。拿某本书上的一个极端例子来说，连环杀人犯和外科医生都具有冷静大胆的特质。但即使小时候同样从好奇心开始，随着他们被赋予和所选择的环境不同，最终的结果就有可能截然不同。”

提问的学生对善景点了点头。善景望着将自己的话听到最后一刻的学生们，一学期的课结束了，有些不舍又十分满足。

善景回到讲台做最后的收尾。

“连环杀人犯就像是由无数碎片拼成的一幅画，是很多种因素汇聚到一起形成的一种存在。遗传、性格、成长环境、当前的境况、心理状态，是这些碎片聚集在一起形成的。就像阳光穿过透镜汇聚为一点，时间久了纸就会燃烧起来一样，连环杀人犯也不是由某一种条件造成的，是很多种因素凑到一起形成着火点，然后才会开始犯罪。”

几个学生点了点头。

“英国的心理学家保罗·布里顿称自己为‘拼凑拼图的人’。就像他说的，犯罪心理学这个职业就是将分散在各处的资料汇集起来，像拼凑拼图一样完成犯人的心理。那一块块的碎片是在某个人成为连环杀人犯的过程中聚集起来的，哪怕只遗漏了其中一片，我们都无法完全理解他为什么会成为连环杀人犯。”

“不能直接问吗？”一个看起来很单纯的前排女生问。

她旁边的朋友拍了拍她的胳膊好像在说：乱说什么呢。

“不是，我的意思是，侧写师或者犯罪心理学家不是都会去采访连环杀人犯吗？他们采访的时候直接问不就行了？”

“他们会说出真相吗？”

女生愣住，歪着头一脸茫然。

她似乎从未想过犯罪者有可能说假话。如果犯罪者都如她单纯的想法一样，能够坦白一切该有多好，但善景还从未听说过有这样的犯人。

“他们接受采访的理由不是为了说出真相，他们是为了炫耀，想要重新确认自己的能力。所以他们会说假话，会夸大事实，会吹嘘自己。”

“怎么能看出那是假话或者吹嘘……”

“比他们的假话更准确的，是犯罪现场。但很可惜，犯罪现场总是由无数的暗号组成，要想把这些暗号都解开并不容易。刚才我们看到的那些犯罪现场，在那里我们能够找到所有的碎片，拼凑完成一幅完整的画像。”

女生这才理解了一般点点头。善景抬头看还有没有其他问题，大部分学生已经合上课本开始整理书包，一副急着下课的样子。

“这个学期结束了。大家一学期辛苦了，期末好好考试，假期愉快。”

善景话音一落，学生们便纷纷起身离开教室。善景整理好书包和投影仪，待她再次转身，教室里已经空无一人了。

她看着空旷的教室，松了一口气。一学期顺利结束，不舍的感觉和充实的疲劳感一起涌来，原来教课是一件这么愉快的事情。她心满意足地准备离开，提在手里的书包震了起来，她的手机响了。

善景立刻掏出手机，看了一眼来电显示，接通了电话。

“喂，我是李善景。”

打来电话的是犯罪心理学会的韩东哲会长。

善景有些疑惑，她和韩会长在研讨会上见过两次，打过招呼，但并不熟悉。善景觉得他也许连自己的长相都不记得。

4

我说过那个房间的故事吗？被几十把锁牢牢锁住的房间。

我本以为它被锁得死死的，谁能想到那几十把锁竟会同时松动脱落。

都是因为那首歌。

如果没有重新听到那首歌，关于母亲的记忆一定会被牢牢地埋藏在地下五千米的岩层中，永远不见天日。

十一二岁的时候，我从母亲身边逃了出来，想逃得远远的。我沿着国道毫无计划地走，偶尔也会偷偷爬上卡车搭一段顺风车，就这样去了我所能及的最远的地方。没能走得更远是因为发生了交通事故。

那时我正在集市的垃圾桶里翻找能果腹的食物，发现停车场一侧停着一辆卡车。看着印在车牌上的江原道，我在心里估摸着，这个叫作江原道的地方会有多远。这时，司机下了车。大概是没打算走多远，他没有锁车就离开了。那个瞬间我意识到机会来了，在车里肯定能找到食物，运气好的话没准还有钱。

我立刻走到卡车旁边打开了车门。里面有司机的外套，我从外套的口袋里翻出一个厚实的钱包。我想着这下终于能吃顿饱饭了，赶忙将钱包揣进怀里。这时外面传来了脚步声，我看了看四周，没有找到能够藏身的地方，只好躲到了卡车的后车厢里。

司机回来后，发动车子出发了。如果车速再慢那么一点点，我肯定会跳下去，但是卡车很快就上了国道，一下便飞驶进了黑暗中。我只好躲在不断晃动的颠簸车厢中，等待卡车再次停下，不知不觉就睡着了。

再次醒来已经是一周之后。

我睡着的时候，卡车越过马路中心线，撞上了对面驶来的车，翻倒在路边，司机当场死亡。那时我也从卡车里飞了出去，流了满头的血，晕倒在路边。

等我一周之后醒过来，一切都变了。

我躺在医院温暖干净的被子里，每隔一段时间护士就会过来，看着我的脸用温柔的声音问我，有没有哪里疼。渴了会有人倒水给我，头疼皱眉就会有人喂我吃药。

虽然身体动弹不得，也说不了话，但我心里却异常平静。我简直以为自己是死了之后来到了天堂。即使已经死了，我也没什么遗憾了，就这么躺在床上也让我感到满足。

躺在洒满阳光的窗边，稍微眯一下眼睛就会有人过来把窗帘拉上。我的心里第一次感受到温暖，被人爱护原来是这种感觉，原来是这样美好。

身体稍微恢复，能够说话之后，医生经常找我聊天，但是我并不想开口。如果我开口说话，他们就会问我是谁，查出我住在哪儿，然后联系母亲。光是想一想都让人恐惧，所以我闭着嘴假装思考，然后像是头疼一般紧紧闭上眼。这样医生就会停下来，给我拍几张脑部的照片，不再追问。

第二天，医生说我是因为事故失忆了。很奇怪，听到医生这么说之后，我脑海中的记忆真的开始变得模糊了。护士笑着抚摸我的头，每当我看到她的表情时，就会有一把锁咔嚓一声被锁上。我的手能活动之后，病房里的人看到我攥拳又伸开的动作为我鼓掌，这时，又一把锁咔嚓被锁上。

可怕记忆的房间就这样被挂上了一把又一把的锁，我就像医生说的那样，失去了记忆。我是谁，我的名字是什么，统统忘掉了。

人们从我的衣服里发现了卡车司机的钱包，于是他们以为我是他的儿子。处理事故的交通警察和保险公司通过卡车司机的地址联系到他的家人，警察想当然地认为他们是我的家人，但是司机的妻子和孩子们看到我之后什么都没说。

司机的妻子肯定想问我，和她丈夫是什么关系，为什么和他在一起，但听说我因为受到刺激失忆之后，便什么都没有问。只是看到我用左手吃饭的样子后说，她丈夫也是左撇子。虽然我不清楚原因，但那个阿姨为丈夫办完葬礼后偶尔还会来看望我，就像是看自己的儿子一样。

待我身体恢复到可以下床走动的时候，她就将我领回了家。

我无处可去，便跟着阿姨走了，我知道，如果我在那里待得不舒服，随时离开就好。令我吃惊的是，大家都在家门口等着我。上初中和高中的两个姐姐，一个比我小四岁的妹妹，家里一共有三个女儿。

那是一个种着几百棵苹果树的果树园。

她们提前出来等着我，坐在大门旁的树荫下，看到我们乘坐的出租车停下后，便立刻起身帮我打开了车门。

一个姐姐扶着仍需要拄拐杖的我，另一个姐姐赶忙拿过了我的行李。最小的妹妹跑到妈妈怀里，她看着我，但眼神并不冰冷，很温暖且充满了好奇。

现在想来仍然如同梦境一般。

阿姨告诉我，在想起一切之前都可以住在这里。我望向大门，仿佛那里真的就是我的家，仿佛我在错误的地方徘徊了太久，终于找到了真正的家。

你知道六月的苹果园有多美吗？

还未褪去青色的小苹果挂满了枝头，光是看着都让人愉悦。抬手朝苹果一指，阿姨就会笑着说，好，再等等，等苹果熟了，你想吃多少就吃多少。

那时我将心中那个黑暗的房间完全扔到了无意识的地下深处。

对，就在这里生活，就当作在这里重新出生，不用再逃跑，不用再小心翼翼地在恐惧中发抖。这里就是我的家。

我在那里生活了五六年。

就像阿姨说的那样，苹果成熟后，我吃了好多，吃到肚子都要撑破了，吃到嘴里有散不去的甜味。姐姐们和妹妹一大早就会把掉在地上的苹果捡到篮子里，她们吃的是这些磕坏了或被虫子咬过的苹果，而我会挑树枝上最大最甜的苹果吃。即使这样，阿姨也不会说什么，只是看着我微笑。

如果不是那首歌，如果没有听到那首歌，我现在一定还在果树园里剪树枝、摘果子、喷农药，看苹果慢慢成熟。

那天我正在仓库里抡着锤子修理坏掉的果箱，那时我已经开始帮忙干活补贴家用了。苹果树还没有开花，存放在仓库里过冬的苹果已经卖光，正是清理仓库的时候。

角落里的收音机传出的歌声让我不受控制地停下了手里的动作。

那歌声深深钻入我的耳中。突然间，我心跳加速，呼吸困难，胸口一阵紧缩。

最开始我不知道为什么会这样。

我擦掉冷汗，深深呼了一口气，但是紧绷的神经带来的不安和恐惧没有消失。我握着锤子的手抖个不停。精神恍惚之中我慌乱地关掉了收音机，但我意识到有哪里出了差错。

我瘫坐在地上看着手里的锤子，脑海中不停地回想着那首歌。我提到过我脑海中最久远的记忆吧？对，就是差点被枕头闷死的那天。和那天一起深深刻印在我骨髓中的另一个记忆就是那首歌。

那时我刚学会走路，正是满屋子乱跑的年纪，却不知为何要被母亲殴打。如果我放声大哭，母亲就会把我拖到浴室，推进浴缸，将我的头摁进水里。母亲看着喘不过气痛苦不已的我，漫不经心地哼唱那首歌。水涌进鼻子和口腔，胸口疼得仿佛要被撕裂的时候，我会一边止不住地咳嗽一边听母亲哼起的那首歌。哼完那首歌，她就会放开我，出去找她的酒瓶子。这样的事情反复了很长一段时间，几年之后，我便习惯了被摁在浴缸里。

母亲尽情折磨完我，出去找酒喝的时候，我就会从浴缸里爬出来，吐掉一肚子的水，擦干眼泪，跟着哼起萦绕在耳边挥之不去的那首歌。明明令人恐惧，却无法将它从脑海中抹去，想停也停不下来。

我一般不会回忆起挨打或全身瘀青时的情形，偶尔我也会被送到医院，但那些记忆就像是那首歌的录像带一样，仅仅作为一种背景一闪而过。真正让我的心脏仿佛被数十根尖针扎刺，让我全身的神经都仿佛被撕得粉碎一般的记忆，是那首歌。

我知道只要那首歌一开始，某个时刻就会临近，它就是提醒我痛苦即将开始的信号。

我又听到了那首歌。

仍透着寒意的初春，我在果树园仓库里拿着锤子干活。那些被我遗忘得一干二净的记忆，那间被完全封印上的房间，房门外的那些锁在一瞬间就因为那首歌全部迸开。

已经过了那么多年，已经从母亲的手掌中完全逃离，但只要那首歌一开始，我就会重新变成三四岁的孩子，陷入浴缸的窒息之中，想起肉体被割开撕裂一般的痛苦，在恐惧中战栗。

如果能在听到第一个音节的时候意识到这些，我一定会立刻关上收音机。但直到进入尾声，我才想起这就是母亲哼唱的那首歌。我从来没有听过它的原版，虽然不懂其中的含义，但温柔声线唱出的旋律与母亲哼唱的那首歌太过不同。我简直不能相信，在我身上留下伤口、骨折和疤痕的背景音乐，原来竟是用如此动听的声线演绎出的轻快乐曲。

我扔掉锤子，回到房间用被子将自己蒙住，等待那首歌消失。但是已经重现的曲调渐渐在我脑中愈发响亮。然后在某一个瞬间，我突然意识到我开始哼唱起它，令人毛骨悚然。

听到我哼唱后，姐姐问我怎么会知道这首歌。我无法回答，只能含糊其词，说脑海里总能听到。

姐姐有些激动地说，没准可以通过它找回以前的记忆，还将歌名告诉了我。后来我请她帮我找到了歌词，她说这是一首很老的英文歌，不过歌手非常有名，所以歌词并不难找。

你知道披头士乐队吗？对，你一定听说过。就是说自己比耶稣还要有名的那个乐队。其中一个成员好像被谁枪杀了？如果我出生得更早一些，如果我有机会和他们见面，他们大概会死在我的手里吧。我真的很想问问他们，为什么会写出这样一首歌。

歌词仿佛为我母亲而作。她怎么就选择了这么一首和自己如此相配的歌呢？你问那首歌是什么？

是一首叫作《麦克斯韦的银色锤子》的歌。

> 砰，砰，麦克斯韦的银色锤子，砸在她的头上。
>
> 砰，砰，麦克斯韦的银色锤子，确定她已死亡。

麦克斯韦杀死他的女朋友，杀死学校的老师，杀死法院的法官。

不满意就用锤子砸下去。然后，砰，砰，他们的脑袋都被砸得粉碎。

母亲为什么会哼唱这首歌？我想她自己也说不清。也许在听到的瞬间，就不知不觉跟着哼起了那恶魔一般的旋律。

我想停下不断回响在脑海里的歌声，到底要怎样做才能将它抹去？我试着大声喊叫，试着捂住耳朵，但都没用。地狱之门一旦打开就无法重新关闭。

我把头埋进从果树园门前流过的溪水中，窒息直到失去意识，但在昏暗的水中，母亲的歌声只会更加清晰。就像小时候在浴缸里听到的母亲的声音。最终，我做出了最愚蠢的选择。

我决定去见见将那首歌印刻在我脑海里的人。

太愚蠢了。不，是我太高估自己了。我以为六年的时间不仅让我的个子和体格变得强壮，连内心也变得更加强大了。

我以为，现在的我已经不同于过去，不再是那个拳头挥过来只会用两只手挡住脸默默挨打的我了。我以为，现在的我能够保护自己，只要我想，甚至能让母亲惧怕我。

对，我就是这样自己走进了地狱之门。

我又回到了那个好不容易才逃离的地方。

5

经过舍堂站的时候，西边的天空沉了下来，乌云瞬间就从四方涌出。仿佛突然出现了日食一般，四周变得昏暗，善景赶忙打开了车灯。

天气预报说，下午局部地区会有暴雨，看来马上就会有一场猛烈的阵雨。

这时，巨大的雨滴打在车子的引擎盖上，噼里啪啦的声音大得让人怀疑是不是下了冰雹。等过了南泰岭，雨势越来越猛。原本就是行驶缓慢的拥堵路段，加上大雨，车子只能慢慢前移，雨势大得连前方的车子都看不清楚。

善景打开雨刷器，看了眼时间。平时只需 20 分钟就能到，现在离约定的时间还剩下 30 多分钟，就算是路上耽搁了，应该也勉强不会迟到。落在车顶的雨滴哐哐哐仿佛能砸进人的脑子里。

善景突然觉得车内很闷，便将车窗打开了一条缝隙。

雨丝从车窗间隙飘进来，沾湿了她的肩膀，让善景心中的烦闷稍稍散去。其实离家出发时，她的心情就有些沉重。

从几天前开始，心中的疑问一个接着一个，现在离看守所越近，善景心中就越是混乱如麻。

上最后一节课的那天，善景接到了韩会长的电话。

“李秉道想见你，你愿意和他单独会面吗？”

李秉道，他指名想要见自己。善景听到这个消息后惊讶得一时不知该如何作答。这是完全出乎意料的事情，她花费了一些时间才理解了韩会长的话。

他要见我？为什么？

这是第一个疑问。

善景听说，至今为止李秉道拒绝了所有的会面请求。为什么现在却突然指名要见自己，并以此为条件接受了学会的采访申请？善景并不认识他，甚至根本没有见过面。

他怎么会知道我？

在第一个疑问无法得到回答的情况下，紧接而来的不解让善景心情十分复杂。

向李秉道提出会面申请的是心理学会的另一位教授，但被对方拒绝了。善景没有见过那位教授，他也就不可能提到善景。

“为什么？”

“什么为什么？”

“我不认识他，他怎么会指名要见我？”

韩会长也不知道理由。但不管他的理由是什么，学会都不想放弃与他会面的机会。韩会长建议善景在他改变主意之前将会面的日期定下来，她便应下了这个差事。

一头雾水的善景愣在原地，直到一些基本信息被输入脑中之后，她才飞快地思考起来。

学期已经结束了，手上的工作只剩下两份约稿，时机倒是刚刚好，于是刚刚的疑问便被抛到了脑后。

韩会长说自己重新确认后会再联系善景，便挂了电话。

善景去系办公室和助教们打了声招呼后便离开了教学楼，快到停车场的时候又接到了韩会长的电话。

会面定在了四天之后。

事情进展飞快。韩会长告诉善景会将相关资料快递给她，然而在她收到资料之前，消息就已经传开，朋友们的电话先打了过来。他们都因为这意外的消息十分震惊，问她怎么会认识李秉道的。每当这时，善景就会反问他们：“为什么偏偏是我？我不认识他……”

但是朋友们并不相信，哪会有人指名要见一个根本不认识的人。当他们最终不得不承认善景说的是实话后，提出了各种各样的推测，但没有人能给出一个令人信服的说法。有一两个人开玩笑地说，他是不是因为牢房生活太无聊，所以把学会名单找来看过了。暂且不提在牢房里能不能拿到学会名单，就算拿到了，每三年才会更新一次的名单上应该还没有善景的名字。

善景到家后，电话才消停下来。她放下书包，洗了个澡之后，快递就到了，厚重的资料大约有三部百科辞典的分量。善景一页一页翻看着，脑海中浮现出新闻报道中的那张脸。

李秉道。

过去三年中在首尔和京畿道地区绑架、杀害了十三名女性的连环杀人犯，一年前被拘捕。经历过柳永哲和姜浩顺的连环杀人案之后好不容易才恢复平静的国家，由于他的出现又掀起了一波巨浪。他和之前的那些犯罪者不同。

电视台和报社的记者聚涌在警局门前，李秉道在他们的镜头之下没有丝毫的怯意。警员想要用外套和毛巾将他的脸遮起来，他却自己将毛巾扯了下来。他丝毫不隐藏自己，甚至正视镜头露出了微笑，仿佛对自己犯下的罪行没有哪怕一丁点儿的负罪感。

看了那天直播的观众大为震惊。

不过半天之前，人们还在为公开犯罪者相貌的问题争论不休。是市民的知情权重要，还是犯罪者的人权重要，两方争执不下。但李秉道却仿佛将选择权掌握在自己手中一般，让发生在第三者之间的争论变得毫无意义。

人们的震惊不只因为他毫无怯意的表情。

和期待中与残忍罪行相配的狰狞面目不同，柔软的鬈发、苍白的皮肤、清秀的五官，那是一副很容易让人产生好感的长相，微微下垂的眼角和坦诚的眼神会激发出人们的保护欲。他们本以为李秉道长着一张恶魔的脸，相信面由心生的人陷入了混乱，这种混乱在网络上演化成一种荒诞的假说。

有人猜测李秉道并不是真凶，有人说也许他是因为幼年时受到的创伤形成了多重人格，在无意识的情况下犯下了罪行。人们在网上不负责任地散布着种种如同电影剧情一般的猜测。还有人找到他的私照发到网上，甚至出现了名为“大卫”的后援会，这个名字据说是因为他与石膏像《大卫》有些相似。后援会顷刻间就有几千名会员加入，但被报道之后很快就被取缔了。

李秉道被捕后不到一年就被判了死刑，现在被关押在首尔看守所。

善景看过资料后，第二天就访问了负责抓捕审讯李秉道的刑警。

根据调查记录上的信息，案件处理由首尔警察厅和江北警察局共同执行。但实际上，从一开始的侦查到后来的逮捕和现场勘查，都是由江北警察局的刑警负责的。

江北警察局离水逾站有五分钟的距离。

善景事先联系过警局，负责李秉道案件的重案组刑警大部分都在场，他们也因为善景将和李秉道会面的事情有些惊讶。

善景问到逮捕后发生的一系列事件和网友们的流言时，刑警们似是无奈地苦笑起来。

“就一天，不，只要半天时间，跟他待在一起试试。”

刑警们说他就是披着天使外皮的恶魔。

不过，他那张天使一般的面容倒是在案件中起了重要作用。

就像美国的杀人狂泰德·邦迪一样，受害人总会因为他温顺的面容轻易放下警惕心。这么一想，刑警们的形容倒是非常准确，天使一般的面容对恶魔来说是非常有用的武器。

外貌令人心生好感的人，当他在某个瞬间褪去了那张面孔，露出冷酷本色的时候，受害人心中会做何感想？会不会那时才后悔，自己只凭外貌就过于轻率地判断了对方的人性？

受害人轻易卸下心防接近他，并不只是因为他的外貌，在他身上大概还有某种特质能够触动人心。泰德·邦迪会在自己的手臂或腿上绑上绷带，装出身体不便的样子，向路过的女性寻求帮助。李秉道大概也是这样布下陷阱，让受害人无法弃之不顾。

刑警们提到的大部分内容都写在了调查记录中，犯罪日期、受害人以及他的行踪。但对善景来说，最重要的部分却不在其中。

刑警们看待案件的角度必然和善景不同，对他们来说，只要查清李秉道的罪行，找到证据，让他认罪便足够了。

他偏好哪种类型的受害人，用怎样的方式接近她们，说了什么话获取同情，杀人的瞬间心情如何，如何通过不断的罪行进化，这些对刑警们来说一点儿都不重要。他们根据各自的职责担任着不同的角色。

善景问到了案件现场，但李秉道的家中和发现受害人尸体的野山里并没有什么特别的地方。她换了几种方式提问，得到的答案大同小异。善景抱着不放过万分之一可能性的想法来到警局，却只听到刑警们吹嘘自己的英勇事迹，她有些疲惫，正想起身。

这时，有人提到了指认犯罪现场时发生的事情，刑警们一下子又纷纷开口。

也许是因为那天的记忆太过令人震惊，他们讲出了一些原本被忽略的事情。善景这才对刑警们的话认真起来。

案件影响很大，指认犯罪现场的时候聚集了几十名记者和市民，还有受害人的家属，现场很混乱。刑警们一致认为，当时旁观者的数量要比柳永哲事件尸体挖掘现场多出两倍。

李秉道乘坐的警车一到，记者们的相机就围了上来，受害人家属不顾警员的阻拦想要上来抓住李秉道。三四名刑警围在他身边拦住人群，想要往前走都十分困难。

“那么多人在现场喊叫，那家伙却眼睛都不眨一下。”

就算是再残忍的连环杀人犯，被那么多人围住也应该会表现出一些畏缩，但李秉道完全泰然自若。刑警们纷纷摇头咂舌，说从未见过如此冷静无情的人。

“他一下就让嘈杂的人群安静了。”那天一同前去的刑警仿佛回想起当天的情形，陷入了沉思，“他盯着对自己破口大骂的人群，还笑了起来。这一下人群更激动了，他根本就是在享受这一切。但一直很冷静的李秉道这时候突然指向一个人，用手指做出了割脖子的动作，看到他这个动作的人都在一瞬间震惊得发不出声音。”

旁边的刑警也想起了那个瞬间，接着说：“对，我记得，你看见那家伙的表情了吗？哇，真让人毛骨悚然。幸好我们当时抓着他了，不然看他当时那个样子估计会出大事。”

在重案组任职了十五年的老刑警不住地摇头，他与几十名穷凶极恶的犯罪者打过交道，但李秉道显然是其中最特殊的一个。

“一直很冷静的人为什么会突然做出这样的行为？”

“谁知道呢，我记不清了……有谁还记得吗？”

刑警们面面相觑，都摇了摇头。

“人群一直往前挤，到处都是叫喊声混着咒骂，在那么混乱的情况下，谁知道那家伙为什么会突然那样做。”

刑警们说得不错，但善景还是有些遗憾，这等于又失去了理解李秉道的一条重要线索。如果可以，她甚至想请刑警们去喝一杯，看能不能借着醉意让他们想起那天见到、听到的所有事情。

到底是什么让始终冷静的李秉道一瞬间就变了脸。

也许是什么话刺激了他，或是有谁触动了他内心中谁都没有意识到的致命弱点。如果能知道这个原因，她与李秉道的会面就会容易很多，但很遗憾她现在想不出别的办法。

“让我觉得很恐怖的是，他重现犯罪过程的时候……不，他根本不是在重现，他就像是回到了当时那个瞬间。不是在回想过去，而是在警察和市民的眼前完全沉浸到了当时那个瞬间，就好像无视了一切。怎么会再现得那么真实……那边那个崔警官，当时差点就要上去抓住他的脖子，试图拯救那个人体模型了。那家伙完全沉浸其中的表情，呃……现在想起来都让人发怵。”

善景从说话的刑警眼中捕捉到了一丝恐惧。

她十分好奇到底是怎样一种表情能让重案组的刑警不寒而栗。在亲眼看到之前恐怕是无论如何都无法理解的。无法用言语表达，即使用上百种词汇也只能让人徘徊在迷雾中无法瞥见真貌。善景只能透过刑警的反应去猜测。

刑警想起那时的情形，猛地抖了一下，似乎现在想起来还能感受到当时的寒意。

“那个时候，虽然我们已经逮捕了他，但是我自己都搞不清到底有没有抓住他。怎么说呢，虽说抓住了他的身体，但他的精神就好像还在自己的世界里不断杀人。”

刑警知道，他阴暗的灵魂仍然拥有暴戾残忍的力量，他在脑子里不断回想着受害人咽气前的场景，重新体会那一瞬间的感受。善景试着去想象李秉道阴暗的内心。

他感受不到被警绳捆住的身体，也听不到市民的嘲讽和咒骂。

他回到了只有他和受害人存在的那个时空，回味着将一个生命夺去的瞬间。他感受着手上的触感，对上女人在恐惧中战栗的视线，听着她急促的呼吸，停留在那个瞬间。

离开警局后，善景觉得自己正在接近李秉道，不是资料中的那个李秉道，而是活生生有气息的李秉道。

这时，跟在善景后面一起出来的重案组组长叫住了她。

“其实我犹豫了很久要不要说……如果可以的话，希望您能给我们提供一些帮助。”

“如果是我能做到的，我很乐意。您说吧。”

“其实……我们还有几个案件一直没有查清楚。在李秉道家里发现的证物中，有几件属于失踪者的物品，但是他到最后都没有开口认罪。”

“您的意思是……可能还有其他受害人？”

“不止还有……也许那个数量比已经查出的受害人还要多。”

“可是调查记录中……”

“他不开口，我们也没办法。”

只有他认罪的案件被公之于众。

“我也不知道那个家伙会不会开口承认，但是会面的过程中没准能发现一些线索，希望您能把线索提供给我们。”

善景明白组长的意思，还未解决的案件不能就这样放任不管，受害人的尸体也许就被丢弃在某座野山里。他们站在警局门口的公告栏前，公告栏里的那些失踪者里没准就有一个。

“我知道了，如果有线索我会联系您。”

“谢谢。”

“不过很奇怪啊，他已经坦白了十三个受害人的埋尸地点，为什么却对其他罪行闭口不言。”

这不是重案组组长能够回答的问题。他只是眨了眨眼看着善景，什么话都没有说。

过了仁德院十字路口，天就放晴了。不，应该说只有从舍堂到仁德院的那段路下了暴雨。善景仿佛进入了另一个世界，哪里都找不到暴雨的痕迹，烈日重新冒了头。

去往看守所的道路干燥得扬起阵阵灰尘。

道路两旁的银杏树叶随风飘动，善景回想起昨天在学会办公室和韩会长的谈话。韩会长之前曾千叮咛万嘱咐让善景一定在去见李秉道之前来办公室和他见一面。

“怎么样？寄给您的资料有帮助吗？”

“很有帮助，谢谢您。突然要收集这么多资料肯定不容易……”

“判决下来之后他就被关押到首尔看守所，资料是那个时候咨询委员为申请会面准备的，早就准备好了。”

十年前，警察厅科学搜查科设立了由心理学家、犯罪学家、精神分析师组成的犯罪心理分析咨询委员会。

其中有几位犯罪心理学会的会员，韩会长就是其中之一。这些年，咨询委员会一直主管着犯罪者的会面事宜，对包括连环杀人案在内的重案罪犯进行深层的调查研究。

“刚开始，考虑到李秉道被逮捕时的情形和隐藏在他身后的那些事情，我们认为他对于自己的罪行应该有不少想说的。”

但是，和预期相反，不管是调查还是会面申请，他都拒绝了。可如今，他却无缘无故指名善景，主动接受了会面。

“咨询委员会也很意外。”

“是吗？”

“我想再确认一次，您之前确实和李秉道不认识？”

“那天我在电话里也跟您说过了，我对他的了解都是通过新闻，私底下连见都没有见过。”

韩会长盯着善景的脸看了一会儿，点了点头。

“我想也是，不过委员会对这一点还是有一些顾虑。”

“……？”

“李老师您不认识他，但是他却认识您。不管他是通过什么途径知道的，直接指名李老师恐怕不只是单纯地想要接受会面。”

善景之前有意忽略的疑问和不安重新涌上心头。

“他到底有什么意图？”

“这些……在见面之前恐怕是无法得知了。在这么不明不白的状况下我们还是联系了您，因为这可能是让李秉道开口的唯一机会，而且……”

韩会长停下来用手指揉了揉额头，似乎有什么不易开口的话要说。

“他选择并指名李老师的理由应该也是一个线索。”

善景立刻明白了韩会长的意思。

善景不认识李秉道，但是他通过某种途径认识了善景。

虽然无法得知善景是哪里引起了李秉道的注意，但他为了见到善景，愿意开口打破自己的封印。光是这一点就可以确定，对李秉道来说，善景具有特殊的意义。

“虽然不知道会遇到怎样的情况，我相信您一定能做得很好。不管他的企图是什么，您一定小心不要被他带偏。”

韩会长看着善景，仿佛看着一个独自站在水边的孩子。

不知道水里有什么，不知道水有多深，不知道其中隐藏着怎样的危险。他只希望善景能够安全地游到目的地，再安全地返回。

善景一下子有些担心自己能否顺利完成这件事，但她比任何人都清楚，自己不能就此退缩。去见李秉道对善景来说是个巨大的机会，虽说有些许危险的因素，但只要小心脚下，就不会落入陷阱。善景反复告诉自己，一定能行。

见过韩会长之后，善景心中有些乱，她失眠了。

翻来覆去半睡半醒间，丈夫接了个电话说自己要去一趟医院，于是善景也干脆起床去了书房。

有关李秉道的资料摊开在书桌上。

善景还没能将所有的内容牢记在心里，不过她也不想大半夜起来读这些。

她将文件合上推到一边，一张照片掉了出来。捡起一看，是某张报社拍下的李秉道，大概是指认犯罪现场结束正要上警车的时候。

回头看向镜头的脸上感觉不到任何情绪，他的视线仿佛看向了很远的地方。

他那时在看什么？

回想着昨天看到的照片，不知不觉中看守所的大门出现在眼前。

善景停下车，深深吸了一口气之后打开车窗。

站岗的警卫敬礼之后向车子走来，善景将身份证递给他，说明了自己的来意。

等待警卫确认的间隙里，炎热的空气涌进车内。

6

太奇怪了，本以为已经忘得一干二净，我却准确地找到了回家的路。新出现了一些陌生的店铺，也有一些宅院不见了，六年的时间让巷子有了不少变化，但还不至于找不到家。

我逃离的那个家还在原来的地方，还是原来的样子。

看到那栋房子的瞬间我就明白了，六年的时间不算什么，从那个家里跑出来的小男孩根本就没有长大。我听到脑中有人在喊，快跑！但我只是僵在原地看着那栋房子。我被过去绊住了，动弹不得。

我第一次后悔从那个家里逃出来。

如果一直留在那里，如果在身体一点点长大的同时感受在我内心成长起来的力量，如果依靠那股力量和母亲对抗，也许能让那首歌停下来？但这种想法真的太幼稚了。

你知道吗？人不会轻易改变，某种关系一旦形成就很难被改变。不管多么恶劣的环境，人都能够适应，然后习惯。

如果不得不生活在零下四十摄氏度的西伯利亚，人就能学会喝着伏特加忍受寒冷。如果从出生开始就不断地挨打流血，每天都有新结痂的伤口，人也能一直这样活下去。偶尔平安度过的日子里，可以松口气歇一歇。若是哪天狠狠挨了打，就昏死一般地睡一觉。骨头断了就呻吟着躺几天，运气好的话还能重新站起来正常行走。

我到底为什么要重新回去那个家？

果树园的六年岁月从脑子里抹去只用了不到一天的时间。真的有那样一段日子吗？就好像一瞬间的梦境一般，有时候我觉得那也许真的就只是一场梦。

母亲？对，她刚见到我的时候很惊讶，但马上就挑起一侧的眉毛，不耐烦地骂了出来。竟然和六年前一模一样，我回到家不过一个小时就不得不重新开始忍受母亲的拳打脚踢。

我很害怕，害怕明天、后天、之后的每一天都要重复这样的日子。

还不如把我杀了，为什么要这样折磨我？是啊，除非我们之中有谁死了，否则这一切是不会结束的。就像在梦中，即使不断地迈腿想要逃跑，也绝对无法和追在后面的东西拉开距离。有时候拼命跑到一半，就会生出一种还不如就这么停下来被抓住的想法。不管是死是活，只要能结束就行。

如果不是某天溜进我家的那只猫崽，那件事根本不会发生。不，这只是借口，也许我一直在等待着那样一个机会。不论是什么，只要出现一个契机，同样的事情就会发生。

那天小雨淅淅沥沥下个不停。

我发现一只在屋檐下躲雨的小猫。原本就因为发情每天晚上叫个不停惹人不快，如今竟然直接溜进了我家院子里。我将手边的东西一个接一个往它身上砸过去，它却每次都能敏捷地躲开，然后嘲笑一般看着我叫几声。

我被惹怒了，连一只猫也看不起我。我左右看了看，发现一把铲子。对，我要弄死它。我立刻走到院子里拿起铲子朝它扔了过去，这次打中了。被打中了尾巴的小猫发出惨叫声围着院子跑起来。

就是这时，我眼前一白。

我愣了一瞬，转头向后看去。

母亲手里正拿着一块砖头。我震惊地看看母亲的脸，又看看她手里的砖头。后脑勺很疼，我把手指伸进头发里，温热的液体流下来，弄得手上黏糊糊的。我看了看收回的手，上面沾着血。

不知什么时候，母亲开始在院子里唤着不知所终的小猫，却对我毫不在意，她手里还拿着金枪鱼罐头。

我从未听过母亲用那么温柔的声音呼唤我，她也从未如此焦急地唤我吃饭。对她来说，我还不如一只迷路的野猫。

也许是因为头上流了很多血，我的意识有些模糊。就像是有人拽着我往前走，连雨声也听不见，我已经没了一半的神志。

很奇怪，那首歌从我口中流淌出来，刚才扔向小猫的铁铲不知什么时候被我抓在了手里。我一开始哼唱那首歌，母亲就被吓到了。然后，她看见了我手里的铲子。

总是那么自信的母亲第一次僵住了脸，声音颤抖地说："你，你要干什么？还不快把那个放下？"

我并没有想做什么，但听了这话之后我突然意识到，我的个子已经高出母亲很多，力气也更大，我不想……继续逃跑了，我累了。我感觉自己走到死路之后，背靠着墙壁转过了身。

我突然抓紧了铲子。母亲来回看着我的眼睛和我手里的铲子，她那时的表情我真是怎么也忘不掉。

"妈，你记得这首歌吗？"

砰，砰，麦克斯韦的银色锤子，砸在她的头上。

砰，砰，麦克斯韦的银色锤子，确定她已死亡。

对，我从你那里学会了这首歌。就是你经常唱给我听的那首歌，记得吗？一定记得吧？现在换我唱给你听。你把我抚养成人，我也要为你做点什么，不是吗？别担心，这首歌在过去十几年里一次都没有离开过我的脑海，我不会唱错的。

我不知道自己唱了多久。

等我回过神来的时候，我已经不再哼唱那首歌了。

我站在院子中央，看着雨滴打在母亲的脸上。那双冷漠凶狠的眼睛在雨水中也没有合上，无休无止破口大骂的那张嘴终于安静了。我这才明白，我为什么回来。

对，我在等待，等待自己哼起那首歌。我太想把它唱给母亲听了，我一边想一边重新哼唱起副歌的部分。从此以后，这首歌应该不会再溜进我的脑子徘徊游荡了吧？

7

善景从正门进入看守所，下车后走进接待室，和值班的狱警打了招呼。再次核对过身份信息后，善景接过一个印着访问的出入证。

她将出入证挂在脖子上，跟着狱警走向关押罪犯的建筑。

和在押罪犯的会面一般安排在接待室，但看守所为李秉道另外准备了房间。

关押罪犯的建筑后面是一片空地。那是在押人员可以简单运动或散步的空间，此刻却空荡荡的，想必短暂的活动时间已经结束。空地另一边有一面巨大的墙壁挡住了视线，明明是关押犯人的地方，却莫名让人想起易守难攻的要塞，不让任何人靠近。

善景已经来过几次，上个月还带着学生来参观过，但她还是第一次进到如此深处。她看着高墙问狱警："这里是……？"

"这里是专门收押死刑犯的地方。"

那是位于看守所最深处的一栋楼，高墙的另一侧就是死刑犯的空间，善景慢慢环视了一圈。

据说这座看守所于1987年建成，二十多年过去了，建筑已经十分老旧，还有着某种仅用岁月说不明白的诡异氛围，让人觉得自己正在看一张被久远的岁月磨去了颜色、既非黑白但又感觉不到色彩的照片。

和高墙外面的世界完全不同，这里是时间和空间都不存在的世界。

高墙足有两米多高，盘在高墙上的铁丝网和立在中间的监视塔早已在风雨中染上了锈迹，剥落了漆皮，灰色老旧的巨大墙壁带来的压迫感让善景一时哑然无语。

挡住视野的高墙外有一扇仅能供两人通过的铁门。经过警卫队的检查后，善景跟着狱警走进铁门，仿佛走进了没有退路的地狱之门。

铁门关闭的声音在善景身后响起。

满是锈迹的铁门吱呀一声，善景不自觉地皱了皱眉，和锐物划过黑板的声音一样让人不舒服。本就愈发紧张的善景觉得自己脑中紧绷的神经突然砰的一声断开了。

莫名的压抑气氛仿佛一块巨石压在胸口，让她有些喘不过气来。她试着深吸了一口气，沉重感却没有轻易消失。

她突然很想就这样转身离开。

*冷静，不用紧张。*善景试着安慰自己，却没什么用。

她想起学生们为她起的绰号，克拉丽斯·史达琳，联邦调查局的实习特工。

善景回忆起电影《沉默的羔羊》中的朱迪·福斯特，在森严的戒备中一步一步走向地下牢房，一点微弱的声音都会让她瑟缩惊恐，善景觉得现在的自己和电影中的克拉丽斯十分相似。又不是要去见汉尼拔，善景意识到，自己还没见到李秉道，就已经有些承受不住心理上的压迫了。

案件记录、各种资料、刑警们的讲述，三天的突击式研究似乎让她的大脑超负荷了。没有时间慢慢准备了，善景心想，干脆将脑子中的所有信息通通抹掉。

资料上和刑警们口中的李秉道只不过是他们通过调查描绘出的一块拼图，善景现在要寻找的是李秉道的另一面，他的另一块拼图。这种想法让善景轻松了一些，那种莫名的恐惧也有所消减，但她还是紧了紧下腹，想隐藏住残留在体内的那一丝紧张。然后，她才终于松了一口气，开始打量周围的环境。

善景跟在狱警身后，环顾四周，看到的不过是一栋毫无特征的光秃秃建筑。她停住脚步，抬头看向天空。

刚刚六月，世界已被烈日支配，在仁德院洒下了暴雨的云层早已不见踪影。善景又深吸一口气，感觉到从地面传来的热气。强烈的阳光照得她脸上冒汗，背后却能奇怪地感到丝丝阴冷。她转头看了看建筑周围，什么都没有。

“您不走吗？”

前面的狱警在建筑前方停下脚步回过头。善景这才意识到狱警正在等自己，赶忙加快了脚步。如果可以的话，她很想等身体里的寒气完全被驱散之后再继续前行，但她很快就打消了这个念头，感觉到自己手掌里冒出了汗水。

只收押死刑犯的单人房在看守所的最深处，即使在盛夏也透着一股寒气。

“有些阴冷吧？”也许是想要缓解一下紧张的气氛，站在门口等待善景的狱警小心翼翼地开口。

善景很庆幸对方率先向她开口。

“我没想到会来到这么里面。”

“是啊，一般犯人的会面或访问都在刚才您看到的接待室里进行。”

狱警没有正面回答。他并非不知道善景为什么需要来到这里，但似乎不想主动向她说明原因。他拿出门卡打开门，接着说："去年这里还关押着三十多名最高重犯。"

最高重犯就是死刑犯，是被法院判决最高刑罚的重犯。

"现在已经被转移到全国各地的监狱了，只剩下十几个。"

善景在新闻里听说过。

死刑犯只有被执行了死刑才算是执行了判决，所以他们一直被当成未决犯收押在这里。但去年修改法律，将死刑犯归类到了已决犯，于是这里收押的死刑犯中，很大一部分被转移到地方监狱，空出了许多牢房。

进入大楼入口处的警卫室，能看到安装在一侧墙壁上的监视器，十几个屏幕上显示着每个牢房的状况。

为了方便监视死刑犯的情况，每个牢房里都安装了摄像头。

有人躺在垫子上睡觉，也有人像是患了行为障碍一样，一刻不停地在房间里来回踱步。他们似乎都知道摄像头的存在，不时便一脸不快地向摄像头这边瞥上一眼，或者走过来冲着镜头竖起中指骂上几句。

他的房间在哪里？善景很自然地寻找起李秉道。

"自从上次那件事之后，就有了 24 小时对所有牢房进行监控的规定。"

陌生的声音从身后传来，善景转身，看到一位四十多岁体格结实的男人，他自我介绍说是首尔看守所保卫科的科长。善景立刻就明白了，他所说的上次那件事，指的是死刑犯成基哲自杀事件。

那次事件之后，善景在警务专业期刊上发表过关于在押犯人心理状态的文章，所以她很熟悉。

"应该有不少人反对吧。"善景看着监视器中的犯人向科长问道。

24 小时处于被监视的状态会导致人精神敏感，虽然是为了防止自杀事件，但不能说是一个好方法。很可能被指责侵犯人权，而且死刑犯本就因为不确定的判决执行日期而处于不安定的心理状态，这种措施对他们来说绝对会产生负面影响，一定会有反对意见。

保卫科长像是看穿了善景的担忧，漠不关心地盯着监视器。

“至少，他们知道24小时都被监视着，就不会有试一试的想法了。”

善景想说点什么，却又闭上了嘴。这不是她应该干涉的事情，而且她也不是为此而来。对她来说，最重要的是和李秉道的会面。

“说实话，就因为死的是成基哲，才会引起这么大的关注。如果是别的家伙，根本就不会有人报道。”

保卫科长无奈地摇了摇头，似乎被舆论折腾得不轻。

“要不是发生了这种事，谁会对这墙里的事情有兴趣？”

成基哲把分配到每个牢房的垃圾袋当成了自杀工具。

下定了决心想要自杀的人，不管在多么严格的监视之下，总能找到方法。撕掉身上的衣服做成绳子，或者在30分钟短暂的活动时间里找个尖锐的石块藏起来。

以现在的人力，想要24小时不间断监视这么多在押犯人并不容易。只要不发生意外，监狱的制度就没有问题，可一旦有事情发生，那么原本没有任何问题的规定就会全部变成指责的对象。

保卫科长因为这次事件被问责，他大概觉得比起被问责，卷入侵犯人权的风波反而要好一些。

说到一半，他的视线停在了某一个监视器上。善景跟着看过去，只见画面中李秉道正背靠一面墙坐着。仔细看的话，可以发现他正轻轻地晃着脑袋。

“您真的要去见他？”

“什么？”

保卫科长转头看向善景，表情非常严肃。

"说实话，我希望您不要去见他。"

"如果是安全上的顾虑……"

"我不担心安全，反正这里面发生的事情完全在我们的控制之下。"

"那是……？"

"我有不好的预感。他特意指名您这件事怎么想都很奇怪，我问过他，怎么会认识您。"

"他怎么说？"

这也正是善景想知道的。

"他什么都没说，只是看着我笑。他那个样子太瘆人了，肯定盘算着什么阴谋。"

和刚才漫不经心的态度不同，保卫科长的眼神变得非常严肃。

"您还是趁现在取消会面吧，您拒绝的话，那家伙也没有其他办法。"

保卫科长的表情仿佛是在真心为善景的人身安全着想。善景看着他满是关切的眼神，露出一个从容的微笑。

"有您在旁边守着，不会有问题的。"善景婉转地拒绝了他的建议。

保卫科长挑了挑眉，知道自己拦不住善景，很快就断了念头，冲一旁的狱警点了点头。

狱警打开警卫室一侧的门，请善景进去。

走出警卫室，善景察觉到保卫科长在自己身后无奈地摇了摇头。

善景并非不明白他的用意。

本就因为安保问题闹得沸沸扬扬，如果再出现意外，最为难的还是保卫科长。与其再遭一次罪，还不如从一开始就把出现问题的可能性掐断。他并不关心李秉道是什么样的人，有着怎样的故事，他只希望看守所里不要发生任何意外。

但保卫科长敏感的反应反而让善景安了心。这正说明看守所的安保完全在保卫科长的控制下，只要有他在，任何意外都能够被提前切断。

善景心情放松了不少，竟有些着急想尽快见到李秉道，她跟在狱警身后的脚步轻快起来。

看守所临时布置了会见室，空房间中临时摆放了桌子和椅子，看不出平时用来做什么。从顺着墙壁流下来的雨水痕迹和四处布满的霉斑，能猜到这里已经很久没有使用过了。潮湿腐臭的霉味刺激着嗅觉，不用伸手触碰都能感受到墙壁上的寒意。

中央崭新的四方形桌椅和房间本身格格不入。

“请稍等。”

善景对狱警点点头，环顾了一圈房间。

已经掉了漆的水泥墙上一扇窗户都没有，只有作为唯一出口的门上有一个人脸大小的窗子，可以看到外面，抬头能看到屋顶上挂着一个长型日光灯管。

若是患有幽闭恐惧症的人，恐怕一进来就会晕厥过去。这是一个仿佛连空气都会静止的密闭空间，善景的呼吸不受控制地变浅加快。

去领李秉道的狱警很久都没有回来。五分钟，十分钟过去了。

善景有些焦急地看了眼时间，然后扫视一圈，在门对面的椅子上坐下来。她看着桌子对面的空椅子，想象着李秉道坐在那里的样子，然后突然意识到自己正坐在屋子的里侧。如果他突然站起来挡在门前，自己就失去了唯一的出口。虽然知道自己的想法很荒谬，但善景还是起身坐到了另一侧的椅子上。还是靠近门的位置好一些。

坐下之后，她打开文件包，掏出为会面准备的笔记本，然后又拿出录音机，摁下录音键确认机器没有问题。这时，门被打开了。

善景不由自主地站了起来，她转过身。

他就站在门口。

8

在成从手术室出来，换好衣服后立刻朝自己的研究室走去。

他担心会吵醒荷英，十分小心地打开门走进去，房间里却不见人影。手术前他特意确认过女儿在沙发上睡着了，但此刻那里却没有她的踪迹，只有桌子上的牛奶盒能证明荷英的确在这里停留过。

在成环顾一圈，来到走廊上。

手术前，他担心孩子中途会醒过来，提前和护士长打了招呼。如果荷英醒过来离开房间，走廊拐角处工作台的护士们一定会最先注意到她。

工作台里只有金护士一人。

金护士听到脚步声后抬起了头，看到是在成便立刻抬手指了指里面。工作台里面是放置备用物品的空间和供护士们使用的简易休息室。

在成朝里面看了看，荷英正和护士长在一起。她不理会护士长递过来的零食，不停摇着头，一看到在成便猛地站起来朝他跑了过来，能感觉到她因为爸爸不在而非常不安。

在成将荷英抱在怀里，孩子身上散发出一股烧焦的味道。他心想，要赶快带荷英去洗个澡。

刚离开火灾现场的时候，他本想直接回家，但开车途中却改变了想法。他不能突然将孩子带到对一切毫不知情的妻子面前，他需要一些时间去考虑如何将这件事情处理好。

在成深思熟虑后将荷英带到了医院。在急诊室为孩子注射镇静剂并确认身上没有其他外伤的时候，荷英终于放松下来，疲倦地打起了瞌睡。在成本想直接让她睡下，但孩子一听到脚步声就会立刻睁眼找爸爸，看起来十分害怕爸爸会消失不见。最终，在成只好留在孩子身边拉着她的手陪她输液，直到早上看诊时间临近才带着荷英来到研究室。

荷英坐在沙发上，满脸畏惧地望着在成。面对默默看着自己的在成，荷英不敢直视他，坐立不安。随着沉默持续，孩子再也掩饰不住心中的不安，使劲抱住了怀里的小熊。

在成看着孩子，心中十分混乱。他也想过等以后有机会将一切告诉妻子，带荷英回家。但事情发生得如此突然，他一时也不知道该从哪里开始。凌晨突然接到的消息已令人震惊不已，妻子会对此做出怎样的反应也让人十分担心。

“爸爸……你生气了吗？”

荷英看着在成小心翼翼地问道。在成这才从沉思中回过神来，摇了摇头。他的沉默似乎让荷英误会了。

“没有，爸爸为什么会生气？”

“爸爸说过……不让我打电话。”

“那是……爸爸是因为工作很忙才会那样说。”

在成说完，直直看着荷英，然后伸开了双臂。但荷英却没有立刻扑进爸爸怀中，犹豫着不敢向前。在成有些懊恼，不知从什么时候开始，他们之间已经如此疏远。他再次张开双臂，招了招手，一直愣愣看着在成的荷英这才放下小熊，扑到了他的怀中。

荷英浑身抖个不停，她所受到的冲击比任何人都更大，那些恐怖的经历连成年人也难以承受，根本无法估量这会在她心中掀起多么强烈的风暴。在成这才意识到，他只顾着想自己的事情，完全没有照顾到孩子的心情。

“很害怕吧？”

荷英没有回答，一下子哭了出来。

“没事了，爸爸在这儿呢，已经不用担心了。”

听到这句话后，荷英放声大哭起来。在滚烫的大火中时，她该有多么恐惧，身处陌生人之间时，她又会多么不安。在冲击和混乱之中勉强忍住的那些情绪，因为在成的一句话彻底爆发出来。他将孩子稚嫩的身体紧紧抱住，一下一下抚摸着她的背。如果可以的话，他真想就这样将孩子的心结也一并抚走。

荷英哭到浑身被冷汗浸透后才离开在成的怀抱。

“我不能和爸爸一起生活吗？”

在成没能立刻回答她，这不是他一个人可以决定的事情。

荷英察觉到他短暂的犹豫，用手背擦去留在脸颊上的泪水，坐回沙发上，仿佛从来没有哭过一般。在成看着荷英，什么话也说不出口。荷英低着头等待爸爸的回答，等了很久后，说自己困了，便侧身躺了下来。

在成立刻从书桌抽屉中拿出毯子帮荷英盖上。荷英抱着小熊的脖子，紧紧闭着双眼，在成怔怔望着她，用手帮她拨开被汗水浸湿、粘在脖子上的头发。刚刚还在在成怀里放声大哭的孩子已经不知去了哪里，荷英背对着他，连她呼吸的声音都听不到。

这时，有人敲门，已经到了看诊时间。

在成看了看转身背对自己的荷英，起身站了起来。

“爸爸有一台手术，现在必须过去。时间不会很长，你乖乖在这里睡一觉，知道了吗？”

孩子没有任何动静。在成觉得脚下很重，但也只好等上午的工作结束后再做考虑。

两个小时的手术中，荷英背对自己入睡的样子总是不停出现在眼前。

——不能和爸爸一起生活吗？

孩子的声音一直徘徊在他的脑海中，但就像空坛子中的回声一般，荷英的问题只是在空中游荡，他却无法做出回答。

只是分开了几个小时而已，孩子却像是再也不想分开一般，用尽全力抱住了在成的腰。护士长看着荷英，脸上露出怜惜的表情。

“听说您家里发生了火灾？孩子一定吓坏了。”

一大早，从急诊室开始的传闻便传遍了整个医院。在成一进手术室，连实习生们都满脸担忧地和他打了招呼。毕竟都把荷英带到研究室了，他们也不可能对此一无所知，不过在成并不想过多地暴露自己的私生活。

“辛苦你了。”

在成用这句话打断了护士长的关心，赶忙拉着荷英的手来到走廊上。不知不觉已经到了这个点，送餐的手推车从一个个病房门口经过。仔细一想，他们连早饭都还没有吃。

“我们去吃饭吧？”

听到在成的话，荷英没说什么，点了点头。

“想吃什么？炸酱面？炸猪排？”

“……”

“荷英？”

“随便……吃爸爸想吃的就好。”

荷英回避着在成的视线，语气有些生硬，看来是因为自己说了想要一起生活，爸爸却没有爽快答应，为此心中有些失望。不过孩子并没有将他的手甩开，仅仅是这样，在成也十分感激了。

在成带着荷英离开医院，进了马路对面的意大利面餐厅。

白色油漆有些脱落的木椅子上摆放着印有华丽亮色花纹的坐垫。荷英坐在在成的对面，用手指描绘着坐垫上的花瓣纹路，下意识地躲避着爸爸的视线。荷英背后是粉红色的窗帘，在成看着她，想到了孩子的年龄，他之前一直对此没什么感觉。荷英今年十一岁，和自己分开生活已经三年多了，几个月不见，又长高了不少。

“点奶油意面好吗？你喜欢吧？”

在成等她回答，荷英却没有开口。

他叫来服务员点餐，然后往面前的杯子里倒满水。

“你要一直这样不和爸爸说话吗？”

“……”

“那爸爸也什么都不说了。”

一直看着桌子的荷英抬起了头，眼神又不安地动摇起来。在成觉得自己说错了话，用更加温柔的声音安慰起荷英。

“这么久没见到爸爸，总不能一直这样挂着脸吧。”

荷英点了点头，但很明显她还是在勉强忍耐着。吃饭的时候，面对在成的问题，荷英也只是十分简短地回答。

虽然对荷英感到很抱歉，但实际上，过去几个月里在成完全把孩子忘在了脑后，以前两人一起生活的时候也是一样。他并不讨厌孩子，但医院的工作太过忙碌，回到家后他总是直接倒头大睡，根本没有余力去看孩子。即使生活在一起，也是隔几天才会见一次面，一起玩耍的次数更是屈指可数，几周才会有一次。

他已经多久没有这样仔细看看孩子的模样了？在成怔怔地看着坐在自己面前吃着意大利面的荷英。

又大又亮的眼睛和浓密的眉毛很像死去的妻子，虽然脸上还有未消去的婴儿肥，等她再长大一些，五官线条变得更清晰，可能会更像她妈妈。在成突然意识到，孩子脸上那些前妻的痕迹似乎让自己变得更加冷漠。

在成并不想承认自己心中还残留着死去妻子带给他的伤痕和他对前妻的感情。他赶忙将视线从孩子身上收回，吃起盘子中剩下的食物。

“是……因为那个女人吗？”

“嗯？”

一直默默地专心吃饭的荷英突然放下叉子说：“就是那个阿姨，

和爸爸住在一起的……”

孩子找不到合适的称呼，话说了一半便支吾着停了下来。

荷英是个很聪明、很敏锐的孩子，她十分清楚在成无法轻易答应自己一起生活的理由。

“没关系……我可以去美国的爷爷家。”

荷英似乎已经彻底放弃，为自己找好了去处。但荷英口中的爷爷家情况也并不好。

荷英两岁的时候，在成的父亲完全搬去了在西雅图居住的大哥和二哥家，但从去年开始，父亲因为老年痴呆必须接受母亲的照顾。母亲光是照顾父亲就忙得不可开交，他不能再给母亲带去更多的负担，但忙着照顾餐厅生意的哥哥一家也没有余力照顾荷英。从一开始，在成就明白自己不可能去拜托他们。一年都见不到一次的家人，若非有什么事情几个月也不会联系一次的家人，几乎与外人无异。

而且，明明有爸爸却要将孩子送到那么远的地方，这本身也实在让人不忍心。

不管他再怎么思考，答案已经有了。他只是在苦恼，如何才能实现。

“爸爸刚才说什么了？”

“……”

“爸爸说，你不用担心，爸爸会安排好的。”

“那……我能和爸爸一起生活了？”

在成点了点头，孩子这才露出了微笑，放下心来。看到荷英的表情，在成决定先去试着问问看。

和妻子一起生活了一年，他大致了解对方的心性如何。在这种情况下，她应该不会无情拒绝。也许会稍微犹豫一下，但她最终会接受荷英。不过即使是这样，他也无法轻易将孩子带回家，他之所以犹豫，是因为有其他原因。

如果可能的话，他不想将自己与前妻之间的事情告诉她。妻子也不是对过去刨根问底的人，因此他至今都没有提起过以前的事情。

如果把荷英带回家和他们一起生活，他就必须将那些他不愿说出口、不希望妻子知道的过去全部坦白。以后孩子和妻子在一起的时间会比自己多，在自己不在的情况下，谁都无法保证两个人之间会发生什么样的事情。荷英会说出怎样的话？在成最担心的就是这个。

但目前没有其他的解决方法。也许他今后的每一天都要像穿过地雷田一般，忐忑不安地观察着两人，但他还是决定先把孩子带回去。

在成突然很好奇荷英对那天晚上的事情了解多少，但那并不是可以轻易开口问出的问题，他也不想无故触动荷英的记忆。在成看着低头专心吃饭的荷英，拿起水杯将剩下的水一口喝下。

他只觉得仿佛有什么冰冷坚硬的东西卡在喉咙里无法下咽。

9

他穿着蓝色的囚衣，戴着手铐，表情异常平静。

也许是因为不能经常晒到太阳，他的那张脸比照片上更加苍白，几乎可以看到皮肤下的血管。匀称的眉眼，柔和的唇形，清秀的样貌因为微微下垂的眼角显得更加温顺，短发反而凸显出他的脸部轮廓。善景似乎能够理解人们为何会称他为大卫了。

从他脸上几乎找不到犯下残忍罪行的冷酷杀人犯的影子。

李秉道站在原地上下缓缓打量着善景。善景感受到他的视线从自己的脸开始向下划过胸部，心脏又飞快地跳动起来。他的视线停顿了一刻，又回到善景的脸上，对上善景的视线后立刻微微眯起眼睛，安静地露出一个微笑。若是在陌生的地方偶遇，任谁恐怕都会因为这笑容动心。

站在后方的狱警拍了拍他的手臂，李秉道这才回过神，慢慢走进屋子。

李秉道在善景对面的椅子上坐下，狱警将他的手铐在椅子扶手上。他直直地盯着善景，那眼神就像是遇见了熟人一般，透着喜悦。

将手铐铐好后，狱警在椅子旁边站定，李秉道转头看向他。

“你要一直……站在这儿吗？”

“这是规定。”

“我希望可以两个人单独谈话。”李秉道满不在乎地说道，言下之意便是让狱警出去。

传闻李秉道在看守所里依旧我行我素，看来确实如此。

“你在这儿的话我就不方便说话了。对吧，李老师？”

李秉道转头看向善景。对善景来说，只要有最基本的安全保障，她也希望能有一个让李秉道坦率说出实话的环境。

“会面过程中必须有狱警在场。”未等善景开口，狱警就坚决地断了他们的念头。

善景能够感觉到，之前的保卫科长和狱警都对这次特别的会面有些抵触。狱警不可能听从犯人的话违反规定，善景只好提出一个折中方案。

“规定肯定是要遵守的。如果可以的话，可以请您坐到门那边吗？会面可能会有些久。”

狱警来回看了看李秉道和善景，最后只得无奈让步。其实只要他还在屋子里，就一定能听见两人之间的对话，但他们都需要消除心理上的抗拒，在一定程度上妥协。

如果狱警站在李秉道身边，肯定会格外刺激到他的神经。空间上的距离能够让他放松，也能让双方在不违反规定的限度内达到各自的目的。最终，每个人各退一步，各自坐到自己的位置上。

李秉道看狱警坐好之后，便重新看向善景，他的心情似乎因为刚才的事情变好了一些。他看着善景露出温和的微笑开口道："很好奇吧？"

"……？"

"你想知道，这个人为什么会认识我，为什么偏偏是我，对吧？"

他看向善景的眼里透着笑意。善景仿佛被看穿了心思，有些慌张，不过她并不想强装无事。她知道要坦诚相待，谈话才能顺利进行下去。仔细看便能发现，李秉道温和的眉眼之下透着一丝微妙的凉意，就连他的笑容也掩盖不住其中的寒冷。

"是，我承认，这几天我一直很好奇，你能告诉我原因吗？"

李秉道似乎不想轻易开口，他直直地看了一会儿善景，然后从容地靠在了椅背上。善景察觉出他因为主导了谈话十分满意。随后，他抛出了另一个问题："留在你脑海中最久远的记忆是什么？"

"……什么？"

这是善景完全没有预料到的提问。最久远的记忆？这个人从小时候就认识我吗？还是说，他想了解我？善景觉得很荒唐，就好像为了准备考试熬夜复习后，题目却和复习的重点范围毫不相干。

他挑起了右侧的嘴角，等待着善景的反应，眼里透着光。善景知道，这次她不能再被带乱了节奏。

她笑了笑，神色自若地翻开笔记本。

"我们说点儿别的吧。"

善景决定无视他的问题。李秉道没有回答她的问题，善景也找不到必须回答他的理由。无形的心理战让两人之间的气氛陡然紧绷，对于主导权的争夺还在持续。这次他会说什么？

"为什么要转移话题？有什么不好的记忆吗？"

"我来这里不是为了讲我的故事，我是来听你讲你的故事的。"

"只是这样吗？我怎么觉得你是有什么不想回忆起来的事情？"

"……"

"你想听我的故事，可我也想听你的故事。这里的生活可是非常无聊，非常乏味。"

善景总觉得在哪里看到过这样的场景，有些似曾相识。这时，她脑中突然浮现出来的，竟是那该死的克拉丽斯·史达琳，是《沉默的羔羊》中汉尼拔博士对史达琳特工说出的台词。

想听我的故事，就要讲出你的故事。

"你是在模仿电影里的场景吗？"

李秉道咯咯大笑起来。

"虽然我不知道你在说什么，可这是连小孩子都明白的道理。等价交换，这样才公平。"

至少夺去了十三条生命的人竟然在这儿说什么公平，善景真想问问他，在夺去一条条生命的时候他是拿什么来交换的。

"我没有想过这个问题。"

"那就现在想一想，时间多的是。"

善景放下笔，看向李秉道，他果然不想认输。为了让他开口，善景决定做出一些让步。她微微闭上眼想了一会儿开口道："红色的皮鞋，妈妈给我买的红色皮鞋。这就是我最早的记忆。"

他眯起眼睛看向善景，似乎在判断她话语的真伪，很快便摇了摇头。

"真让人失望啊，我还以为能听到什么与众不同的故事呢。"

善景耸了耸肩，重新拿起笔，准备记下他的话。

"那你最早的记忆是什么？"

"我最早的记忆？在母亲肚子里的羊水中游泳？"

他脸上没有表情，眨着眼观察善景的反应。正准备在笔记本上记录的善景抬头看到他的眼神，意识到他在戏弄自己。

"嗯，那时的感觉怎么样？"

“喘不过气来，那些水脏死了。”

一瞬间他的脸上闪过了一丝憎恶，看来他对母亲的记忆并不好。

善景突然想到，大部分人最早的记忆都是和母亲有关的。记得在母亲子宫中的情形，虽然这种话完全不可信，但善景能够感觉出他对母亲的强烈感情。她想起昨晚在书房里读到的内容，李秉道自小与母亲生活在一起，十七岁时母亲离家出走，之后他便一直独居。

“那我们先来聊聊你的母亲吧。”

听过善景的话，李秉道向后靠去。他靠在椅背上，眯着眼睛看向善景，像是想要摸清她话中的本意。善景毫不在意他的视线，等待他的回答。

过了片刻，李秉道直起身子，向前凑近善景的脸。

砰，砰，麦克斯韦的银色锤子，砸在她的头上。

砰，砰，麦克斯韦的银色锤子，确定她已死亡。

他突然低声哼唱起来。

意料之外的行为让善景停下动作抬起头。

他在笑，这是发自内心的笑，眼中充满了顽皮。善景觉得这个人为了刺激自己的好奇心，正不断朝自己扔着小石子。问题是：那些小石子是否包含着某种意义？

他哼唱的是披头士的《麦克斯韦的银色锤子》。

这是1960年代的歌。

如果不是导师格伦，善景也不会知道这首歌。

格伦教授是披头士乐队的疯狂粉丝，他很喜欢邀请学生们去他家的后院一起办烤肉派对，派对的背景音乐总是披头士。只要有人问起歌名，他就会津津有味地从第一次买到披头士专辑的趣事，讲到他们所有歌曲背后的故事。而他的结语也总是一样的，从约翰·列依的墓地回来之后，他心中的披头士便不复存在。

善景有些惊讶，李秉道竟然知道这首歌。他和善景都不属于这首歌流行的年代，难道他周围也有格伦教授那样的披头士狂热粉丝？善景突然很好奇他为何会唱起这首歌。

“这是披头士乐队的歌，这首歌是你最早的记忆？”

他突然睁大了眼睛，直直看着善景，笑了出来。

“我竟然能遇见知道这首歌的人，真让人高兴。”

他的声音变高了，看起来心情很好，也许是因为善景知道自己喜欢的歌。即使微不足道，能有个共同话题也会让谈话变得更容易。善景看向他，心中默默感激着格伦教授。

“这首歌有什么特别的意义吗？”

善景不经意间抛出的问题让他凑得更近。他紧盯着善景的眼睛呢喃，连善景也要凝神才能听清。

“听我唱过这首歌的女人们，全部……被我杀了。”

善景起了一阵寒意，仿佛有极冷的冰块顺着自己的背部滑下去，她又从他的眼中感受到了凉意。温和又有些顽皮的面容和冰冷空虚的眼神同时集于一身，到底哪个才是真正的他？

李秉道直直地盯着善景，她无法避开那道视线，她能从他的表情中感觉到，他说的是实话。

他并不是偶然听到了这首歌，因为喜欢才哼唱起来。如果每次杀人的时候，他都哼唱过这首歌，那它一定是某种象征，是只有他才能明白的某种意义。善景这才意识到，他朝自己扔过来的那一颗颗小石子，实际上就是理解他的一块块拼图。

他像是不愿错过自己话语带来的任何一丝冲击，满意地捕捉着善景眼中闪过的惊讶和眉间微显的褶皱。就好像往湖水中扔了颗石子后，在岸边看着水波散开。

他一直注视着善景，伸出舌头慢慢舔了舔嘴唇。沾了水汽的嘴唇泛着光，善景就像被催眠一般盯着他的动作。他露出满意的微笑，慢慢将视线从善景身上移开。

然后，他突然改变了态度，大声向狱警喊道："会面结束了。"

会面才进行了不到十分钟。善景被李秉道这出人意料的举动搞得不知所措，诧异地站了起来。

狱警对他的反复无常见怪不怪，走过来解开了椅子扶手上的手铐，铐在他的另一只手上。

李秉道站起来慢慢走向门口，看也没看一眼善景。

善景急忙拦住他。

"等等，还没讲到正题呢。"

"我觉得第一次见面，这样就很好了。"

善景无言以对。

他就像是一只变色龙。

不久前还看着善景满脸愉悦，一瞬间却变了色，浑身散发出冰冷的寒意，似乎再也不愿搭理善景。他从善景面前走过，站在门前。狱警瞟了善景一眼，打开门带他离开了。

善景莫名其妙地愣在原地，然后急忙跟在他后面跑了出去。

她从首尔开了一个多小时的车过来，不能就这么徒劳一场。

"你是不是根本就没打算好好谈？"善景冲着已经走远的李秉道喊了出来。

李秉道停下脚步，顿了一下才回头看向善景。

"今天已经结束了，两天之后再见吧，一样的时间。对了，请你以后每次来的时候，给我带一个苹果。特别大特别新鲜，咬一口可以爽到心底的那种。"

说完，李秉道便转身离开了，留下善景一人手足无措。他就像一个使唤完下人的主子，傲慢地走回了牢房。

太让人无语了，善景觉得自己完全被人糊弄了。心中正恼怒时，保卫科长从走廊另一侧走过来。

“我早说过了，还是不要见那个家伙为好。”

看来刚才的房间里也安装了摄像头，保卫科长已经知道了这里发生的一切。

“之前他也接受过某个电视台制作人的采访请求。那个制作人以为抢到了独家，开心得很，采访当天带着摄像机就来了。结果呢？”

“……？”

“他整整等了三个小时，那家伙却拒绝采访，那个制作人回去肯定骂了一路的脏话。”

和那位制作人相比，自己的情况还不算太糟，她应该安慰自己吗？善景不由得干笑两声。她预想到不会太顺利，但没想到连最基本的谈话时间都无法保证，她事先准备的问题一个都还没问。

“能有什么可说的呢？牢房里的日子每天就那样，也没有来会面的人，多无聊啊，所以他是想找个人打发时间，我劝您到此为止吧，这是浪费时间，您也不想变成他嘲弄的对象吧？”

保卫科长的语气中带着嘲讽的意味，这反而让善景消了气。

听了他的话以后，善景仔细地回想了一下和李秉道短暂的会面，倒也不是一无所获。

他的态度和动作、看向善景的视线和反应、他抛出来的问题、对于母亲的感情和披头士的歌，她在会面中获取的这些信息，即使将那足有三本百科辞典分量的资料读上百遍也绝对得不到。有了这种程度的收获也就不算白跑一趟。善景焦躁的心情轻松了不少，她故意露出爽朗的笑容说：“两天后再见。”

保卫科长的表情僵了一瞬。善景回到会见室收拾东西时，保卫科长的声音在身后响起，像是在自言自语，却是善景能够听到的音量。

“和那种家伙扯上关系能有什么好事……等着以后后悔吧……”

10

善景将车停在自家门口的停车场后熄了火。

全身就像吸了水的棉花一样沉重，她不由得长吁了一口气，疲劳感一下子涌上来。现在，她只想赶快回家泡个热水澡，将一直紧绷的神经放松下来。等身体和精神都缓和之后，再冲个凉水澡，神清气爽地将今天的会面细细复盘一遍。然而，等待她的是另一个预料之外。

打开家门，善景看到丈夫的皮鞋旁边放着一双孩子的运动鞋。

她一边琢磨着这是谁的鞋一边往客厅走。一个十岁左右的小女孩正坐在沙发上发呆，连善景进来都没有注意到。

善景小心翼翼地左右看了看，注意到卧室的房门是打开的，这才想起刚才在玄关看到了丈夫的皮鞋。

是他带回来的孩子。

善景知道丈夫和前妻之间有一个孩子，但她没想到会在这种情况下和这个孩子见面。丈夫说过，离婚之后前妻不让他去见孩子，所以自那之后他们一直没有见过面。

但是她为什么会突然出现在自己家里？

善景慢慢向孩子走去。

一直愣神注视着前方的孩子这才感觉到善景的视线，转头看了过来。

孩子看到善景之后也没什么反应，善景从她脸上读不到任何情绪。

白皙的皮肤和大大的眼睛，很容易就会将人吸引住。浓密的睫毛微微垂下，被遮挡住的眼眸显得楚楚可怜，紧闭的双唇却给人一种不属于孩子的成熟感。

孩子静静看向善景，然后又毫不在意地重新看向客厅窗户。透过客厅窗户可以看到院子里的草坪和大门，也就是说，从善景走进大门的那一刻开始，孩子就一直在观察她。

善景刚想跟她说些什么，身后传来了动静。

“啊，你回来了。”是丈夫的声音。

丈夫没想到善景会这么早回来，声音与平时不同，透着不安和动摇。

“荷英，跟阿姨问好。”

他急忙走到沙发前，让孩子站起来，善景这才注意到孩子手里的小熊玩偶。

那只小熊玩偶又旧又脏，已经看不出原本的颜色。孩子拉着丈夫的手站了起来，但只是默默地望向善景。

“快说您好。”丈夫又催促了一次。

孩子却依然紧闭着嘴不说话，丈夫把手放在孩子的脑后，想让她鞠躬。

“不用，别勉强她了。”

孩子的态度让丈夫有些慌张，他尴尬地摇了摇头。

“这是怎么回事？”

“你先坐在这儿，爸爸和阿姨有些话要说。”

丈夫让孩子重新坐回沙发上，然后拉着善景的胳膊往卧室走。善景心中有些不悦，原本就很疲惫，再加上丈夫慌里慌张很不寻常的态度，难免令人疑心。

走进卧室后，丈夫又确认了一次孩子正好好地坐在沙发上，然后才轻轻关上门。他回避着善景的视线，似乎有什么不好开口的话要说，在房间里踌躇着。善景不知道丈夫为什么会如此犹豫，心中也不安起来。

“怎么了？”结果还是善景先开了口。

听了这话，丈夫在床边坐下来，捋了一把头发，看向善景，眼角生出了深深的皱纹。

“我不知道该怎么开口，也不知道你能不能接受……”

“能不能接受也要先听听是什么事情，你先说说看，到底怎么了？”

“今天凌晨的时候我不是接了个电话吗？”

“你说医院有急患……”善景话只说了一半，直直地看向丈夫。

凌晨接了电话之后，他连衣服也没来得及好好穿就出门了，说是有很紧急的患者。善景并没有怀疑丈夫的话。

“原来是孩子出事了啊。”

“电话是警察打来的，让我去接孩子，就是荷英……”

“这是……什么意思？你不是说孩子跟着妈妈吗？”

“我没跟你说，其实我们结婚后没多久孩子妈妈就去世了，那之后荷英一直住在外婆家。”

他们结婚已经快一年了，善景内心生出了一丝失落。

“你什么时候知道的？”

“我接到死讯之后去了葬礼，我……没告诉你。咱们刚结婚没多久，我实在说不出口。”

善景脑子里千万种念头和情绪混合在一起，一时不知该说些什么。

丈夫说得没错，的确不好开口，而且仔细想想，自己也没必要知道这些。如果事情到这里就结束的话，他的确没有必要将这些都讲出来，但善景还是希望他能告诉自己。丈夫心里到底还藏了多少秘密？

善景闭上眼睛整理了一下思绪。离婚之后孩子跟了母亲，母亲去世后，当然是要重新回到父亲这边，但那已经是一年前的事情了，现在才把孩子带来的理由是什么？

“为什么突然让你把孩子接走？外婆家以后养不了孩子了？”

“……昨天凌晨发生了火灾，房子都被烧了。岳父岳母……孩子的外公外婆都在火灾中走了。”

“天哪……”

善景看着丈夫说不出话来，她终于知道丈夫为什么一夜之间生出了那样深的皱纹。

她不由自主地看向客厅。妈妈去世后不到一年，一起生活的外公外婆也因为火灾离世了。孩子的模样浮现在眼前，呆呆地坐在沙发上伤心，看到善景后也毫无反应。

一夜之间失去了所有，生活过的家被烧毁了，外公外婆都走了。就像听到巨大的声响之后耳朵会暂时失聪一样，孩子因为巨大的冲击，一时间对外界的一切都没了反应，现在她的内心也许就像真空一般，什么都感知不到。

这一切该有多可怕？善景这才明白，那孩子为什么仿佛不属于这个世界一般，面无表情地坐在那里。孩子的境遇太令人心疼，善景心里很不是滋味。

“现在跟你说这些太突然，我也很不好意思，不过这个孩子……能不能由我们来抚养？”

“你这是什么话，当然得由我们来抚养。”

丈夫似乎有些意外，睁大了眼睛望向善景，嘴唇微微颤抖起来。善景能感觉到他说出这些话的时候有多么难以开口，如今见到善景爽快地答应下来，他一脸不可置信。

“真……真的？”

“你是孩子的爸爸，孩子当然应该跟着我们。”

“亲爱的，真的……太谢谢你了，对不起。”

丈夫红了眼圈，长吁一口气，紧绷的肩膀放松下来。善景默默走过去，抱住了他的肩膀。

“这些话这么难以开口？”

其实，结婚前听说丈夫离过婚还有个孩子的时候，她已经想过会发生这样的事情。虽然他说前妻非常强硬，离婚后一次也没让自己见过孩子，但善景并不认为他和孩子会就此断绝关系。父母子女之间总归是要见面的，不可能一辈子不见。

也许她从那时开始就做好了准备。

“我……我没想到你这么容易就会答应。”丈夫的声音中带着鼻音。

善景没说什么，轻轻在他背上拍了拍。一点儿也不容易，但是没办法啊，而且也是预料之中的事情。她努力压下心中涌起的各种杂念。

无家可归的孩子，父亲还健在，总不能送到别的地方去。至少善景做不到，她已经在心中斟酌后做出了决定。反正都是自己要承担的责任，不如早一些接受，尽快适应。和这孩子一起生活不是件容易的事情，但总会习惯的，所谓的家人不就是这样吗？

下定了决心，各种需要准备的事情就一件件浮上心头。

“二楼的房间怎么样？采光好，阳光充足，孩子也会喜欢的。把那里的东西搬到仓库去，放张床和书桌。还有，窗帘也得换个新的。”

需要准备的东西不止一两件。

换洗衣物怎么办？楼上空房干不干净？壁纸需不需要换？善景一时不知道该从哪里入手。这时，丈夫抓住了她的手。

“先和荷英好好打个招呼吧。”

善景这才想起独自坐在客厅沙发上的孩子。

让孩子等太久的话没准会因为不必要的误会让她伤心。善景赶忙点了点头，跟着丈夫走出卧室。

孩子将脏兮兮的小熊紧紧抱在怀里，依旧像个影子一样坐在沙发上。

“荷英，跟阿姨问好。从今天开始，荷英跟我们一起住在这里。”丈夫走向孩子，搂住她一侧的肩膀说。

孩子看了看丈夫后，慢慢转向善景。不同于刚才的反应，她仔细望着善景，眼神中透着恐惧和不安。

善景俯下身平视着孩子。

“你叫荷英？长得真漂亮。阿姨叫李善景，从今天开始，这里就是你的家。”

愣愣望向善景的荷英抬起头看了看爸爸。

“爸爸……我困了。”

“啊，荷英困了？阿姨现在就去帮你把床铺好。”

丈夫有些尴尬地看向善景，不知如何是好。

“先让她在我们屋里休息吧。”善景爽快地说。

除了那里也没有其他可以让孩子睡觉的地方了。这一天已经折腾得够呛了，总不能让孩子睡在还没打扫的房间里或是沙发上。

善景赶忙走到卧室把床铺好。孩子拉着丈夫的手走进卧室，默默地躺进被子里，脆弱得仿佛一碰就会碎。

“把小熊给阿姨好吗？”

善景伸手想要接过孩子手里的小熊玩偶，但荷英没有轻易放手，反而将它抓得更紧，仿佛不想被任何人抢走一般，紧闭着嘴盯着善景。

“别管了，她总是抱着那个……”

善景深吸一口气后，将几乎从嗓子里蹦出来的但是咽了下去。被子脏了再洗就行，没必要因为这种小事争执，已经累了一天，先让孩子休息吧。

“好吧，那就这样吧。”

善景帮孩子把被子盖好，冲她笑了笑。

“爸爸，我睡着之前，你可以陪着我吗？”

丈夫看了一眼善景，然后冲荷英点点头。

“别担心，爸爸陪着你。”

丈夫在床边坐下，摸了摸荷英的头，孩子这才安心了一般闭上眼睛。善景不想妨碍孩子休息，留下二人独自离开了卧室。

善景拿来纸笔，坐到餐桌前，将孩子需要的物品写下来，又将急需品单列出来。她正琢磨着孩子房间应该怎么收拾，丈夫从卧室出来了，小心地将房门轻轻关上。看来孩子已经睡着了。

“睡着了？”

“嗯，很快就睡着了。”

“你应该凌晨直接把她接回家。”

“我不知道该怎么办，就先把她带到医院了，总得先跟你商量一下。”

“你不会还打算带着孩子住到外面去吧？”

“我本来打算带她去住酒店的，总得先征得你的同意再让她住进来。”

了却了一件心事的丈夫脸色好了不少。善景早知道他是个单纯的人，但看他这么快就彻底放下心的样子，她倒有点儿想抱怨了。

“要是我不同意，你打算怎么办？”

“只能到时候再说了，不过我觉得你会答应的。”

善景微微瞥了一眼丈夫，他轻轻握住善景放在餐桌上的手。

“我知道你比任何人都更能理解荷英。”

“……”

善景不由自主地点点头，她也在很小的时候失去了母亲。

“让荷英好好睡一觉，等她饿了，自己醒过来再说，她肯定很累。”

“是啊，累极了的时候能睡上一觉最好。”

善景的母亲和父亲都去世之后，她就像昏死一般连续睡了好几天。醒过来就要面对痛苦的现实，倒不如一直在睡梦之中忘掉一切。

善景十五岁的时候失去了母亲，从葬礼上回来之后，她一直昏睡不醒，那时是父亲叫醒了她。父亲做了母亲常为她做的咖喱饭，但善景什么都不想吃，她甚至有些厌恨父亲，妈妈都走了却还有心情叫她起来吃饭。她很想继续睡下去，却被父亲拉着坐到了饭桌前。

咖喱的香味刺激着嗅觉，她却并不想吃。被父亲催促着拿起勺子吃了一口后，强烈的饥饿感一下子就涌了上来。她很快就吃完了一碗，父亲什么也没说，又给她盛了一碗。

她就是这样送走了母亲。

两年前父亲去世的时候，善景蜷缩在床上反复回忆着那一天，仿佛醒来之后父亲就会做好咖喱饭在饭桌前等她。她反复地睡过去又醒过来，却没有人来叫醒她。

她很想念父亲做的咖喱饭的味道。再也没有人会拉着她坐到饭桌前，给她继续活下去的力量。她这才意识到，真的只剩下自己一个人了。她想就这样闭上眼，跟着父母一起离开。

那时将善景叫醒的人就是她的丈夫在成。

她在医院的手术室门前遇到了在成。

接到电话得知父亲因为脑出血病倒后，她立刻赶到了医院，但父亲已经没了意识。拍完 CT 后，医生诊断说是血管瘤破裂，建议血管造影的同时直接手术。医生说不能再拖了，善景立刻在同意书上签了字，在手术室外面整整等了六个小时。

只要做了手术就能恢复，不，恢复不了也没关系，只要能活下来，自己以后绝对不会让父亲一个人生活，一定会守在父亲身边。善景下了这样的决心，生平第一次向神祈祷，但错过了最佳时机的手术最终还是没能将父亲救回来。

父亲在手术中走了，主刀的医生回避着善景的眼睛表示遗憾。

善景一脸茫然地坐在手术室门前的长椅上，有人递给她一瓶水。

那个人就是在成。

善景喝过他递过来的冰水后才回过神来。善景父亲接受手术的时候，在成正在做另一台手术，结束后一出来就看见了善景，实在无法放着她不管。

他在心如死灰的善景身边，帮她安排了父亲的葬礼，还去殡仪馆送了老人一程。

如果能早一点发现，及时送去医院，如果对父亲偶尔提起的头疼上点儿心，如果自己跟父亲生活在一起……面对不停自责的善景，在成给了她最真诚的安慰。但极度伤心的善景根本没有意识到，在整个葬礼的过程中，一直有个人守在自己身边。

后来某天，在成突然给善景打了个电话，说有些担心她，于是两人便一起吃了顿饭。

他们去的是一家吃咖喱饭的店。

点好的咖喱饭一上来，善景拿起勺子，还没动口就哭了出来。在成一下子慌了神，赶忙将纸巾递给放声大哭的善景。

等到善景好不容易镇静下来后，她一边擦着眼泪一边说出了父亲给自己做咖喱饭的故事。然后，她一边吃着咖喱饭才意识到，葬礼那几天在成一直守在自己身边。在医院工作的人肯定见过无数像善景一样的患者家属，如果不是认识的人，根本没有理由这样用心。

善景问他为什么要这样帮自己，他笑着说自己也不知道。看着他的笑容，善景突然觉得，也许是父亲不忍留女儿一人在世，将他送到了自己面前。

善景就这样抓住他的手重新回到了现实，过了不到一年，两人就结婚了。

善景看着丈夫的脸，突然回想起那时候的事情。她决定等荷英醒来之后，给她做一顿咖喱饭。

“怎么办？我现在得去一趟医院……”

“是吗？那也没办法，你去吧。”

“我尽早回来。”

在成搂过善景的肩膀抱住她。

“谢谢。”说完便匆忙离开了。

善景独自坐在餐桌前发呆，这才意识到自己回家后连衣服都没换，和李秉道的会面就像一场梦。突然间，她的身体像灌了铅一般沉重起来。趁孩子没醒，她打算去泡个热水澡。

善景小心翼翼地打开卧室门走进去。

孩子在睡梦中也紧紧抱着小熊，像是生怕会弄丢它一样。

也许是因为有些热，孩子额头上冒出了汗珠，善景赶快从柜子里拿出一床薄被子为她换上。看孩子翻了个身重新沉睡过去之后，她才从衣柜里拿出换洗的衣服离开卧室。

11

善景一边往浴缸里放水一边刷牙。

她无意识地看着镜子，脑子里想着李秉道。他说过的话，他的眼神，都无法轻易从脑子里抹去，他哼出的那首歌仿佛一直在耳边回响。

善景匆匆刷完牙，坐进还没装满水的浴缸，热水温柔地包裹住她的身体。

她原以为见过李秉道之后，自己心中的第一个疑问就能解开，但李秉道似乎并不打算轻易为她解惑。不，他反而很享受善景的困惑。可只有解开了第一个疑问，才能解决后面的问题。

他是如何知道我的？为什么想跟我见面？还有，我到底是因为什么引起了他的注意？

善景从他进入会见室的那一刻开始慢慢回想。

走进房间的样子，看向自己的视线，装出的笑容和冰冷的眼神，低声缓缓哼出的那首歌。

善景似乎能够理解受害者们对他产生好感的原因了。

他脸上表情的细微变化有着能刺激母性本能的一面。对视的瞬间，会迸发出某种强烈的情绪，而下一刻，他又会避开对方的眼睛，露出柔弱的一面，装出从容不迫的同时，又会在等待对方反应时透出某种急切。简单来说，会让人觉得他像个孩子。

与过去几天里通过阅读资料想象出来的形象完全不同，如果不是身穿囚服，他完全就是一个敏感细腻的青年。只有善景问起那首歌含义的时候，或是其他人在场的时候，才能从他身上发现一丝不同寻常。

狱警不在身边的时候，他会把精力完全放在善景身上。这让善景想起刑警们曾说过的话，在指认现场时，他旁若无人似的沉浸在自我世界中的状态。对自己关心的事情有多么集中，对其他事情就有多么冷漠、自私。

狱警一旦靠近，他就会将自己软弱的一面隐藏起来，做出虚张声势的样子，不愿在气势上认输，想要主导局面。而狱警看起来早已习惯了他的态度。

紧绷的身体在热水中放松下来，善景不由得闭上眼睛。感觉到意识慢慢变得模糊，她又将身体向下滑了滑，全部浸在热水中。

整个身体被热水包裹住之后，善景想起了李秉道的话。她曲起腿抱住膝盖，蜷着身体坐在浴缸中。虽然不可能存在于意识中，但如果身体的感知还记得在母亲肚子里时的感觉，应该就像现在这般放松温暖吧。被母亲抱在怀里沉睡的记忆突然浮现在脑海中，隐约的思念从善景心中的某个角落涌出，她已经很久没有想起母亲了。

善景不知不觉便睡着了，睡梦中她觉得肩膀有些凉，能感觉到后背和后颈靠着浴缸。

有人打开了浴室门，善景闭着眼睛也能感觉到。她想睁开眼看看是谁，眼皮却沉重得睁不开。

过了不知多久，善景感觉有些冷。不久前还温暖着身体的水已经凉透了，善景哆嗦起来。浴室中响起脚步声，站在门口的人慢慢走进来，越来越近。善景想睁眼，却怎么也睁不开。她动了动手指想抓住浴缸边缘，却动弹不得，脚也没了知觉。

走到浴缸旁的人正低头看着自己。

那人凑得很近，善景甚至能够感受到呼吸的气息，但那气息随后又离远了。这次是手，那只手摁住了善景的头，用力将她压了下去，没到肩膀的水慢慢升到了脖子。善景伸出手想坐起来，挥动的双手却什么也抓不住，身体不断向下滑。摁住自己的手消失了，但善景却起不了身。可怕的想法涌上心头，如果自己就这么沉下去该怎么办？

突然间，浴缸变得像室内泳池一般巨大，善景胡乱挣扎着，尽可能伸长的腿却够不到浴缸边缘。身体不停地向下沉，水已经涨到了下巴。嘴也没了进去，水往鼻子里灌。被水呛到的善景咳了出来，她再也忍不住，拼命睁开眼。

尸体，披头散发的女人们浮现在眼前。

她们全用一副苍白的面孔向善景伸出双手，她们全在无声喊叫着向善景求助。善景尖叫起来却发不出声音，她扭动着身体，疯了一般挥动着手脚，想要甩掉她们。好不容易找回了方向感从水中站起来，女人们却抓住了她的脚踝，冰冷细长的手指紧紧抓着她。

等善景从尖叫挣扎中回过神来的时候，她正躺在浴缸中。

可能是睡到一半腿麻了，冰冷的身体一阵战栗，下巴也跟着哆嗦起来。善景全身抖个不停，不知是因为梦中的女人，还是因为冷下来的身体。

她赶忙从浴缸中起身，拔掉塞子，打开花洒。浴缸中的水很快就被放掉，温暖的水柱从头上流下来。她在花洒下站了好一会儿，等冰冷的身体重新暖起来。

关上水，从浴缸中出来后，她打开柜子拿出毛巾将身体擦干，柔软的触感让紧绷的精神放松下来。她俯身甩掉头发上的水，再起身的时候，那孩子就站在她面前。

善景吓得差点摔倒，勉强才抓住盥洗台稳住了重心。

"是荷英啊，你什么时候起来的？"

善景匆忙用毛巾遮住身体，看向荷英。

孩子似梦似醒地小声说着什么。

"什么？"

"……想上厕所。"

"卧室里也有洗手间……嗯，知道了，阿姨马上就出去。"

善景用毛巾遮着身体，赶忙出了浴室。

还没来得及完全擦干头发，水滴不住地滴落到地板上。善景到卧室拿出干净衣服之后，才想起自己刚才把衣服落在了浴室里。她穿好衣服，草草吹干头发。荷英打开卧室门看着她，看样子已经完全清醒了。

"怎么了？有什么需要的东西？饿了？"

"爸爸呢？"

"啊，你爸爸回医院了。"

一丝失望的神色从孩子脸上闪过，一瞬便消失了。

"还要睡吗？还是，想起来？"

荷英盯着善景看了一会儿，突然意识到自己两手空空，赶忙捡起床上的小熊，离开了卧室。

"你要去哪儿？"善景跟在后面叫荷英，却不见她答应。

到客厅后，善景看到荷英正在玄关穿鞋子。

“荷英？”

善景伸出手想抓住孩子，但荷英用力甩开她，两手推了一把。善景直接向后倒下去，她试着稳住重心，但因为头发上滑落的水滴，地板很滑，没能稳住。善景瘫坐在地上，惊愕地看向荷英。

荷英急忙将掉在地上的毛绒熊玩偶捡起来，瞪了善景一眼，低声说：“是你害死了我妈妈。”

荷英看向善景的眼神里满是冰冷的杀意和怨恨。

“什么？”善景愣住了，她完全不能理解荷英的话。

善景几个小时之前才知道孩子妈妈去世的消息，荷英却说那都是因为她。比起让人难以理解的话，孩子的眼神更具敌意，仿佛一把匕首，刺进了善景的心脏，冰冷的刺痛划过胸口。就像露出尖牙发出低吼的小动物一般，孩子表现出的怨恨让善景不知所措，那种怨恨似乎已经在孩子心中存在很久了。

荷英瞪了一眼善景，打开门跑了出去。善景被这突如其来的一幕惊得什么也说不出来。

她为什么会那样说？

善景突然很想知道孩子的妈妈是怎么死的，丈夫并没有告诉她。仔细一想，她还不满四十岁，不管是因为疾病还是事故，孩子似乎都还没能接受母亲的离世。

妈妈死了，爸爸又不在身边，她想找个人去怨恨，想找个人去责问，而她身边能够找到的人就只有善景了。但是，刚刚荷英表现出来的敌意并不是那种模糊的愤怒和怨恨。

善景这才意识到，和荷英一起生活这件事恐怕会比想象的更艰难。

她撑着地板想要站起来，却感到手腕一阵酸痛，是摔倒的时候扭伤了。她摸着手腕走到院子里，发现大门敞开着。

善景很担心，赶忙跑了出去。

小巷里已经看不到孩子的身影。这一片都是独栋住宅，平时没有什么人在外面走动。善景朝大路的方向跑去，正好看到超市店主坐在路边的遮阳伞下扇扇子。

“刚才有没有一个大约这么高的女孩儿从这里过去？”善景用手比画着荷英的身高，向店主问道。

“女孩儿？是不是还抱着一个脏脏的毛绒玩偶？”

“对。”

幸好店主看到了荷英，指着大路的方向，说她刚刚跑向了那边。善景匆匆谢过店主，朝大路跑过去。

在车来车往的路边，荷英犹豫着该去哪里，善景赶忙跑过去抓住了她的胳膊。荷英拼命想挣脱，但善景这次没有轻易放开，她用尽全力死死抓着荷英的胳膊。

“走，我们回家再说。”

“不要，我不回去！我要去找爸爸。”

“你爸爸很快就会回来，做完医院的工作就会回来。”

“放开，我让你放开我。”荷英近乎尖叫一般地喊道。

善景下意识地放开了手，靠蛮力把孩子带回去恐怕很难，而且就算自己靠着腕力把她带回去，也绝不是一个好的开端。

“随你吧，不过你爸爸看到你这个样子会怎么想？你觉得他会喜欢？”

善景的话让荷英愣住了。她没有想过这些，但又不甘心就这样认输，双颊微微抽动起来。

“你今天跟着爸爸去过医院了，你应该知道爸爸工作有多忙。”

“……”

“阿姨要回去了。”

“……”

“你自己决定去医院还是回家。”

善景说完便转身往回走，她全部的感官都集中在身后，却装出毫不在意的样子，头也不回。慢慢迈开脚步的时候，身后传来了拖拖拉拉的脚步声。

到了家门口，善景回头，看到荷英抱着小熊低头站在自己身后。

她打开大门让到一旁。

荷英犹豫了一下，像是连善景的衣角都不愿碰到一般，和她保持着距离走了进去。

善景看着荷英走进院子的背影，不由自主地舒了一口气。她跟着孩子走进屋子，在心里默默祈祷，希望以后不会为自己的决定后悔。

第二章

12

丈夫回来得比预想的晚，身上还带着酒味。

“你……喝酒了？”

“荷英呢？”丈夫进门后连招呼都没打就开始找孩子。

“在二楼房间里。”

白天一通慌乱之后，善景紧赶着把楼上的房间收拾出来，又去附近的家具店买了一张床和书桌，这才把房间布置好。

“晚饭呢？”

善景摇了摇头，她不想再提晚饭时发生的事情。荷英说自己不喜欢咖喱饭，一口都没动。结果孩子跑回了自己房间，善景只好独自吃了晚饭。

善景叫住正要上楼找荷英的丈夫。

“我们先聊聊。”

“等我先去看看荷英……”

丈夫直接上了二楼，叫着孩子的名字打开了房门。善景远远听着，心情有些微妙。

过了很久丈夫才回到卧室。善景洗漱之后正坐在梳妆台前，转过身来看向他。

“荷英在做什么？”

“你胳膊怎么了？”丈夫没有回答，反而问起善景贴在手腕上的膏药。

善景不知该如何将白天发生的事情讲出来，她揉着手腕装出不在乎的样子说："没什么，就是不小心扭到了……"

"第一天就和荷英吵起来，是不是有点儿过分了？"

"……？"

善景以为自己听错了，她一脸错愕地看向丈夫，发现他的神情和之前不同，非常不悦。善景不知道他从荷英那里听到了什么，但很显然他完全误会了。

"荷英说了什么吗？"

"孩子胳膊红了一片，你们为什么会吵起来？"

丈夫连自己的解释都没听就草草下了结论，善景心里很不是滋味。

"吵起来？你当我是小孩子吗？"

"……"

"孩子睡醒之后就闹着要找爸爸，自己跑出家门。我只不过是出去把她带了回来，就这么点儿事。"

"但是荷英她……"

似乎还有话要说的丈夫闭上了嘴，看来荷英一定说了些别的。

"荷英怎么说的？"

"没什么，就这样算了吧。"

"就这样算了？你说说看，她说了什么，为什么突然就全都是我的错了？"

"亲爱的，你也知道荷英今天有多难过，就不能理解一下？睡醒之后爸爸不见了，孩子也难免会做出那样的举动。"丈夫张口就把心里话都倒了出来，善景还是第一次见他这么激动。

"荷英要找爸爸的话，你给我打个电话不就行了？"

"来不及了，孩子都跑出去了你让我怎么办？"

"……"

"你至少也得先听我解释一下再发火吧？既然你担心孩子，为什么下班之后还去喝酒……现在反倒来指责我？”

“知道了，是我错了，这件事到此为止吧。”

再说下去也只会让两人心里不痛快，善景不再开口。她还有很多事想问清楚，但现在她什么也不想说。善景对着镜子胡乱梳了梳头发，然后便起身离开。

“你要去哪儿？”

善景没有答话，关上了卧室门。

到了书房还是无法平静下来。她和丈夫也不是没有吵过架，但这还是她第一次在气头上甩门离开。以往他们之间有了什么误会，总是会当场说开。

结婚后，两人都很忙，只有晚上才能见面。他们舍不得这短暂的时间，总是尽可能为对方着想。争吵也仅限于为什么要把袜子和内衣裤一起放到洗衣机里，不在家吃晚饭的话为什么不提前打个电话，都是这样的小事，像今天这样真心动怒伤感情的争吵从未有过。

善景可以理解他担心荷英的心情，但只凭孩子的话就单方面下结论质问自己，实在让人难以接受。

她心里很乱，翻开书也读不进去，在同一行字上反复了好几遍之后，干脆合上了书。

她从文件包里拿出录音机和笔记本，打算把和李秉道谈话的录音再听一遍。她戴上耳机摁下播放键，录音的音质非常好，连走进会见室的脚步声和戴上手铐的声音都能听清。

低低的歌声突然传了出来，是李秉道哼唱的那首歌。善景将音量调到最大。

她突然想到，这首歌里也许隐藏着什么别的含义，便给格伦教授发了封邮件询问，顺便问候一下。教授一定会欣喜于她对披头士的关心，进而详细说明。如果不注意歌词的话，这首歌的旋律非常上口。善景记得这首歌和披头士大部分的流行曲目一样旋律轻快。

但李秉道的哼唱与披头士的风格不同，有一种昏暗阴郁的感觉。也许是因为他哼唱的节奏比原曲慢得多，但更重要的是他之后说出的那句话。

——听我唱过这首歌的女人们，全部……被我杀了。

柳永哲事件的时候，音乐也曾经是一大话题。

他在浴室处理女人的尸体时，总是会听着电影《哥伦布传》的主题曲。也许那首歌给了他灵感，抑或他只是单纯地喜欢听，具体的原因没有公开。

对李秉道来说，这首歌又意味着什么？

善景低声跟着哼唱起副歌部分，她想起会见室里李秉道直直看向自己的眼神，仿佛不只看到了她的表面，还窥探到了内部——她的灵魂深处。

这时，有人从后面抱住了她，善景吓得差点儿尖叫出来。

她赶忙挣脱出来回过头，丈夫正一脸愧疚地站在后面，她立刻摘下耳机关掉了录音机。

"吓死我了。"

"对不起，我不知道你戴着耳机。"

"怎么了？"善景的语气里仍带着刺，她不想这么轻易原谅他。

丈夫握住善景的手，抚摸着她的手背，温柔地说："气坏了吧？是我鲁莽了。我一整天脑子里全是荷英的事，回家之后她一见到我就哭了，我也不知道怎么就……我知道你不是那样的人。"

丈夫的手抚上她的脸颊。

"你不知道我有多感谢你。真的……很谢谢你。"

丈夫真心的道歉让善景的怨气消散了一些，但她心里仍有些不痛快。善景握住丈夫的手，两人面对面坐下来。

"我有事想问你。"

"你说吧。"

“今天荷英她……说她妈妈是因为我死的。”

丈夫的脸唰地白了。善景看到丈夫动摇的眼神，有些不确定要不要继续问下去，但也不能让这件事就这么过去，她最终还是说出了心里的话：“是不是……发生了什么让孩子误会的事？”

丈夫放下善景的手，两手使劲搓了一把脸，露出为难的表情。

“没关系，不管你说什么都没关系，告诉我发生了什么事。”

然后，丈夫才终于开口：“我们新婚旅行回来之后没多久，前妻突然联系我，说孩子受伤了。我看到短信说孩子很危险，就急忙赶了过去。结果荷英只是摔倒时擦伤了手肘和膝盖。我很生气，让她以后不要再因为这种事情联系我，我已经和别人结婚了，利用孩子做出这种事情太恶心了，我告诉她我以后不会再来了。这么吵了一通之后我就离开了。”

善景从未听丈夫说过这些，她一直以为那只是一段已经结束的关系，丈夫的前妻连孩子都不让他见。这些事善景第一次听说。按照丈夫的说法，荷英的妈妈为了见他，经常用孩子生病当作借口。但如果只是这样，矛头为什么会转向善景呢？

“她妈妈因为我死了，这话是什么意思？”

丈夫开不了口，转头避开了善景的视线。

善景抓住他的胳膊，拽了两下催促道：“荷英那么想肯定是有原因的。”

“……那天晚上她妈妈吃了药。她把孩子从二楼推下去，摔断了腿，然后又给我打了电话。我说不会再去之后，她就回到自己房间……”

不用继续听也能猜到。

荷英的妈妈并没有接受离婚的事实。

她心里放不下丈夫，为了抓住渐行渐远的男人，开始利用孩子。但是男人和别人结婚了，她这才真正意识到自己已经离婚，却仍然无法接受丈夫已经离开的现实。总是被拿来当作武器的孩子也不再有用，当她彻底明白之后，在极度绝望之下吞了药。

“我不知道那天晚上她和荷英之间发生了什么，不过从那之后，荷英就不愿见我了，我想她可能对孩子说了什么狠话。”

孩子将妈妈感受到的绝望和痛苦原封不动地装进了自己心里。虽然被推下楼摔断了腿，但她还是站到了作为弱者的妈妈这边。那么对荷英来说，她最怨恨的人就是将爸爸从自己和妈妈身边抢走的人。

“我明白了。”

善景感觉全身的力气都被抽走了。两人的这种关系，即使没有任何误解地开始，也必定不易，更何况荷英现在对自己满是怨恨。这种状况下，不管自己再怎么努力，恐怕都困难重重。

丈夫抬头看向她，她隐藏起内心的不安和焦虑，露出让他安心的微笑。

“别担心，一起生活一段时间后误会都会解开的，荷英也会打开心结的。”

“亲爱的，谢谢你。”

“但是你要答应我一件事。”

“……？”

“不管发生什么事情都要相信我。”

丈夫默默看着善景点了点头，将她拥进怀里。善景心里还有很多话想说，不过她决定以后慢慢来。

“工作……还剩下很多吗？”

丈夫在她耳边轻声问。善景摇了摇头，拉着丈夫的手从椅子上站起来，将录音机和笔记本放进抽屉里，关上了书房的灯。

和丈夫一起走进卧室的瞬间，二楼传来了尖叫声。

丈夫赶忙放开善景的手冲到楼上，善景也急忙跟了上去。

荷英坐在床上抽泣，一见到丈夫就伸出胳膊抱住了他的脖子。丈夫赶忙把荷英抱进怀里，轻拍着她的背。

“怎么了？做噩梦了？”

“爸爸，我害怕，你别走，别走。”

“好，爸爸哪儿也不去，别怕，快睡吧。”

在丈夫的抚慰下，孩子的哭泣声渐渐小了下去。

善景和丈夫隔着孩子对视了一下，能感觉到丈夫很为难。她轻叹了一口气，勉强挤出一个微笑。

“我先下去了，等荷英睡着你再下来吧。”

“好。”

善景从房间出来，心里有些失落。

她正准备下楼时，听到孩子和丈夫正低声说着什么，孩子似乎完全醒了。善景很想知道他们说了什么，但又不想打扰父女两人难得的独处时间，便悄悄离开了。

她没有心情重新回书房看书，便回了卧室，留了一盏床头灯后就睡下了。半睡半醒之中她一直留意着丈夫有没有回来，但是过了很久也没有听到脚步声。

后来，她沉沉地睡了过去，再醒来时已经是早上了。

身边空荡荡的。

不知道丈夫昨晚对荷英说了什么，今天孩子的态度温和了不少。早餐是昨晚剩下的咖喱饭，善景只给荷英盛了一碗米饭。

荷英不动碗筷，愣愣地看着自己面前的饭碗。

“怎么了？太多了？”

“我……我也要吃咖喱饭。”荷英用勉强才能听见的声音说。

善景看了看丈夫，他冲善景递了个眼神，看来他昨晚跟荷英讲了咖喱饭的故事。

善景端走荷英的饭碗，将米饭倒在盘子里，浇上咖喱，然后又端回到荷英面前。看着荷英小心翼翼吃咖喱饭的样子，善景心情有些复杂。

“怎么样，好吃吧？”

面对爸爸的问话，荷英有些不好意思地避开善景的视线，点了点头。

“我问过了，荷英说她以前没吃过咖喱饭。”

善景这才知道荷英昨晚面对咖喱饭时不知所措的原因。因为这种事情误会了孩子，善景十分内疚，同时又为荷英从未吃过咖喱饭的事情感到很惊讶。她妈妈平时都给孩子吃些什么？

一家人坐在饭桌前一起吃早饭，这种再平常不过的场景似乎让丈夫很感动。他微张着嘴出神地看着荷英吃饭，好几次对上善景的视线，每当这时，他就会不好意思地露出一个微笑，将视线转回孩子身上。

他把各种各样的小菜推到荷英面前，催促她再多吃一点儿：“尝尝这个，要多吃蔬菜身体才健康。”

他越是这样，孩子就越是别扭，但丈夫似乎根本意识不到这些。

“别说了，她自己会吃的，你快点儿吃完准备出门吧，要迟到了。”

“啊？哦……嫌爸爸烦？”

荷英摇了摇头，专心吃起饭来。

“你看，孩子说没有，你还说我……”

丈夫突然变得跟个小孩一样。善景也不想多唠叨，不再说什么。一直关注着荷英的丈夫看了一眼表，然后急忙起身。

“荷英，一个人在家没问题吧？”

荷英勉强点了点头。

“还得给荷英办转学手续，好多事只能辛苦你了。”

“知道了，快走吧。”

善景将丈夫送出门后重新回到厨房。

荷英吃完饭，起身准备收拾自己的碗筷。

“没事，放那儿吧。阿姨吃完了一起收拾。”

荷英重新坐了回去，沉默之中只能听见碗筷碰撞的声音。善景吃着饭，突然发现荷英一直注视着自己。

“怎么了？”

“我听爸爸说了你的事。”

“什么事？”

“爸爸说阿姨也没有妈妈。”

母亲去世已经快二十年了，但善景从未觉得自己没有妈妈。

“只是现在不在一起了而已，不是没有妈妈。”

“阿姨的妈妈是怎么死的？”

“对长辈不能说死了，要说去世……是因为交通事故。”

“阿姨的妈妈也会在梦里出现吗？”

看来荷英经常会梦见妈妈，善景突然有点儿羡慕。很奇怪，善景在母亲去世后，一次也没有梦到过她。很想念母亲的时候，她许过愿希望在梦里能见见母亲，但并没有用。

“荷英会在梦里跟妈妈见面啊。”

“嗯，所以很害怕。”

孩子发起抖来，仿佛真的很恐惧一般。善景看到荷英的表情后吓了一跳，她想起昨晚丈夫的话。孩子母亲自杀那晚，把她从二楼推下去摔断了腿。

善景突然很好奇荷英妈妈是个什么样的人，就算再怎么绝望，她也不能理解，怎么会有人将自己的孩子置于那种境地后自己结束了生命。

“妈妈……很可怕吗？”善景小心地问。

荷英却不说话了，她像昨天一样表情僵硬，眼神冰冷地看着善景。

“我不想说……妈妈的事。”

“是这样吗？对不起，是阿姨问了不该问的。”

善景看着荷英陷入了沉思。

昨天那么抗拒自己的时候，善景还以为她很想念妈妈，可现在又说害怕。明明是自己先提起了妈妈的话题，但问起来又不愿开口，荷英对妈妈的感情太复杂了。

怨恨的同时，又是想念的存在。

善景大致能够猜到荷英妈妈对待孩子的态度。离婚后为了挽回丈夫的心，将孩子作为手段，她的心理状态一定很不稳定。和那样的妈妈生活在一起，荷英肯定需要时刻观察她的脸色，猜测她的心思，每天在不安和恐惧中战栗。对于幼小的荷英来说，与不知何时就会爆发的妈妈一起生活，绝不是一件容易的事。

“不过只是梦，所以没关系……反正已经死了。”

注视着远方的荷英眼神冷漠，对一个孩子来说，这种眼神过于无情了。善景感觉背后升起一丝寒意。

作为母亲的人到底是怎样折磨孩子的，才会让孩子说出这种话？仅一天的时间，善景已经能察觉出荷英过去的生活有多么艰难。对孩子来说，现在最重要的就是忘记那些过去，找回安全感，和父亲一起开始新的生活，将那些痛苦的时间和对母亲的怨恨全部抹去。

“今天我们做点儿什么呢？要不要去逛街？”为了缓解荷英的心情，善景故意用充满活力的声音问。

荷英转头看向善景，第一次对她露出笑容，点了点头，冷漠的脸很快变得像个孩子了。

13

和李秉道第二次会面之前，善景接到了韩会长的电话。

从看守所回来之后，善景因为荷英的事情忘了联系韩会长。

韩会长问到会面的事情，善景讲了一下短暂到有些荒唐的会面时间和李秉道的态度。韩会长说，不论谁和犯罪者会面，必然会有一番无声的较量，注意不要被对方带乱了节奏就行。当问起有没有别的不便之处时，善景将保卫科长令人不悦的态度告诉了他。

韩会长答应她，会通过咨询委员会向警察厅和检察部门请求协助，如果有其他需要随时联系。

挂掉电话之后，善景再一次意识到，有很多人在关注她和李秉道的会面。不光是韩会长，警方也希望借此机会得到未解决事件的线索。恐怕以后每次会面结束后，善景都会被他们不断追问。一想到这些，她的头又隐隐作痛起来。

因此，两天之后再次去见李秉道的时候，善景的心情并不轻松。

似乎是读出了善景的情绪一般，李秉道的态度比上次温和多了。善景抱着先把落下的作业补完的心情，将学会交给她的问卷拿了出来。但李秉道连手指都没动一下，盯着善景。就像韩会长说的，如果被对方占据了主导地位，谈话必定会很艰难，善景决定从正面突破。

“今天也要玩累人的心理战吗？”

善景一手扶着额头，毫不隐藏自己的不满。李秉道没说话，向善景伸出手。

“……？”

“我不是说了吗，带一个又大又甜的苹果来？想听我的故事，这点儿要求不过分吧？”

他是真心的。善景从包里拿出苹果递给他，这是她以防万一来之前特意买的。李秉道伸出戴着手铐的双手，接过苹果。

他拿起苹果，用眼睛玩味了一会儿，就像品酒师拿着酒杯在品鉴酒的色泽一样。如他所愿，这是一个大得能够撑满他手掌的苹果。

“是隔年的富士啊。也是，现在还没到新苹果上市的季节。”

他咬了一大口，像是尝到了久违的味道，闭上眼睛，慢慢咀嚼，细细品味，后仰着头，感受着苹果的味道。突然间，他咔嚓咔嚓大口嚼了起来，仿佛饿了很久一般，不一会儿就将整个苹果吃完了。他嘴边沾满了苹果汁液，连果核都没有剩下，只有一些汁水流在手上。

善景突然想起了刑警们的话。沉浸，只是吃一个苹果，他也能将全部的神经集中起来。善景仿佛能看到他杀人时的样子。

李秉道满意地看着善景笑起来。“从你挑的苹果就可以看出你是什么样的人。”

他用衣袖擦了擦嘴，看向善景的眼睛里闪过一丝调皮的神色。正如保卫科长所说，他在享受这个时间，从自己回应他的瞬间开始，气氛便会朝着他所期望的方向转变。

善景还在犹豫的时候，他又继续说道：“李老师，你知道吗？苹果越大味道越淡，大小适当味道才好……”

“那我以后买小的来。”

“不，我喜欢大苹果，我只吃大的。”

李秉道的视线越过善景的肩膀，飘忽不定。似乎对他来说，苹果并不是单纯的水果，他隐约显露出的表情并不是吃过苹果后的满足感，更像是想起了记忆中的某个苹果。

善景立刻把问卷放到他面前，也许是苹果的味道让他心情变好了，李秉道像个听话的学生一样安静地答起问卷。

问卷上是一些用于统计犯罪者信息的基本问题，年龄、出生地、学历、职业、居住地、初犯时的年龄等等，都是一些无须多加思考的问题，但不意味着它们不重要，和犯罪者的谈话一般都会从这些基本信息开始。

李秉道很快就答完了，他把问卷递回来。

善景将问卷放在面前，正式开始提问："上次我们聊到了最早的记忆。"

"红色的皮鞋。"李秉道将善景的回答重复了一遍。

"对，我母亲买给我的。我们从母亲开始聊一聊吧。"

"你喜欢那双红色的皮鞋吗？"

"能记到现在，应该挺喜欢的吧？"

"也有可能是母亲买了你不喜欢的颜色，让你不高兴了，所以才印象深刻。"

善景看着李秉道，顿了一会儿，琢磨他的意图。

"当然，对于母亲的记忆有好也有坏，不过在我的记忆中，美好的记忆更多。你呢，有什么关于母亲的记忆？"

在这之前李秉道还愉悦得仿佛下一秒就会哼起歌，突然间，他的神色僵硬了一瞬。不过很快，他便又笑着开口："母亲……真是好久没听到这个称呼了。我记不清了，她在我十七八岁离开家，以后我就再也没见过……"

"是离家出走吗？"

"……"

"你记得是因为什么吗？"

"什么？啊，离家出走……不知道，我从来都没想过她为什么离开……"

李秉道的眼神开始在记忆中摸索，善景不再开口，静静等着他继续。

"她离开家……也许是因为猫。总来我家的那只猫，黑色的毛，金色的眼睛。母亲可真喜欢它，总是买很多的罐头，等它一来就喂给它。她离开家之后，猫也不来了，它可能也知道母亲走了吧。"

“你母亲的离家和猫有什么关系？”

“我是说……那之后猫也不来了。”

前言不搭后语。喜欢猫的母亲因为猫离家出走，这种不合逻辑的说法背后隐藏着什么？善景仔细留意着李秉道的表情，发现了一件有趣的事情。

每说到猫这个词的时候，他都会眯起眼睛。很明显，比起母亲，猫这个词更能刺激他的记忆。虽然不知道母亲和猫之间有什么关系，但显然，他不想提起母亲离家的事情。

“你还有关于母亲的其他记忆吗？”

他抬头看了看善景，然后又看向别处，皱着眉仿佛在记忆中翻找着什么，犹豫地抿了抿嘴开口道：“太久了想不起来，不过我能记起几件事。我在浴缸里滑倒，呛水受了惊吓之后，她把我捞出来做了人工呼吸，她心情好的时候还会给我唱歌。她唱得很好，听着听着我就会不知不觉地闭上眼睛睡着。”

歌，善景想到他上次哼的那首歌。

最早的记忆。

那就一定是母亲唱给他的歌了。黑暗之中仿佛有一丝微光显露出来，善景紧紧跟随着那道微弱的光线。

“是上次你唱的那首歌吗？”

李秉道一惊，直直盯着善景点了点头。

“我不记得她的脸，但那首歌……偶尔会想起来。”

十七岁时离家出走的母亲，他不可能不记得她的脸。

他在说谎。明明没有理由说这种谎，他却说自己不记得母亲的脸。不记得母亲的脸，却能记住母亲偶尔照顾过的野猫的毛色和瞳孔的颜色。

不，也许不是谎话，也许他真的不记得了。那么，他为什么将母亲的脸从记忆中抹去？记忆的扭曲意味着钥匙就在那里。

善景在笔记本上写下母亲、歌、离家出走、猫，又问道：“你不想她吗？没有去找过她？”

“我不想她，也没去找过她。”

“……？”

“母亲也一样。没有找过我，不想见我。”他木然地低声说。

仿佛母亲就站在他面前，努力挤出的微笑只是掩饰自己愤怒的面具，那面具系得太松，似乎下一秒就会掉下来。不，面具的一侧已经脱落，能窥见他真实的表情了。

“你这个肮脏的家伙，根本就不应该来到这个世上，被诅咒的东西……我母亲从我出生开始就总是这样说。李老师你应该没听过这样的话吧？”

像是在等她回答一样，李秉道的眼神很诚恳。善景看着他摇了摇头。

“可我是听着这些话长大的。对母亲来说，我……你也那么觉得吗？觉得我是那么可怕的存在吗？”

“我怎么想并不重要。”

“不，对我来说很重要。非常……重要！”

“为什么？为什么我的想法很重要？”

“因为……你也许能改变我。”

“……”

他的话像浸入棉布的染料一般，在善景心中晕染上一层苦涩。很奇怪，那些话不像谎话。明明互不相识，但他的眼睛，他的声音，却让人觉得似曾相识。

“你想让我说母亲的事？想听我小时候的事？”

善景看了他一会儿，放下笔，合上笔记本。她想专注于他颤抖的声音，想专心听他的故事。这种感觉很奇怪，她能感觉到自己正全神贯注地窥探他的灵魂。

“我的小时候……”

他停下来，低着头，一脸专心思考的表情，一动不动坐了好一会儿。突然，他双手撩起了囚服，露出自己的身体，能隐约看到很久以前留下的伤疤，布满了身体的各个角落。

“这就是我的小时候。”

如果母亲在他十七岁的时候离家，那么这些伤疤至少已经过去了十五年。过去这么久，母亲对他做的骇人之事仍然印刻在他身上。他的记忆也不会有别，烙在精神上的创伤也许比那些留在肉体上的暴力痕迹更深。

善景立刻察觉到，不久前他所说的那些关于母亲的记忆并不美好。他记住的不是和母亲在一起时幸福温暖的日子，最先想起的是掉进浴缸时的痛苦回忆。善景似乎有些理解，母亲唱给他听的歌为何会成为他犯罪时的主题曲。

善景明白了自己为什么会在一瞬间被他的故事吸引。因为他褪去了所有面具，将赤裸的自身展现出来，将真实的内心原封不动地传达给善景。

善景什么话也说不出口，只是望着他的脸，不断变化的表情透露着他的内心。突然，善景从他的脸上感受到了巨大的痛苦。

“该死，我一点儿都不想说这些无聊的事！我他妈一点儿都不想记得母亲！”

他开始狠狠地砸桌子，全身都挣扎起来，捂住了自己的头。坐在门边的狱警吓了一跳，立刻站起来。善景举起手，示意他不必过来。她需要让他保持现在的状态，释放出情绪。这不是他和善景的心理战，也不是计算好的行动。从感情中自然流露出的本来模样能为善景提供更多的信息。

“用那种方式抚养我，还不如掐死我或者直接扔了我。为什么要那样折磨我？为什么……？她……她根本不该生下我。”他声音颤抖地喃喃道。

他使劲摇着头，用双手捂住脸，低着头一动不动，似乎不想让人看到他泛红的眼圈。

从出生的瞬间开始，连母亲都不欢迎他的存在，他在母亲的诅咒和虐待中长大。没有快乐的记忆，过于可怕的一切让他不想记起任何事情，这样的李秉道让善景内心有些动摇。因为某种未知的理由，他的母亲将自己的问题全部推给了孩子，将自己的愤怒和痛苦以伤害的方式刻进了孩子的身体。倘若他身边还有其他家人，也许会有不同。

他的母亲为何会说他是肮脏的家伙，是不该来到这个世上的东西？

"她为什么要这样对我？"

善景等着他继续说下去，但过了很久，他只是抱着头一动不动，始终沉默着。

"李秉道先生？"

"……"

他没有抬头，善景让他重新揭开并加深了过去的伤疤，这也许让他很生气。

很久之后他才抬起头，冷不丁问道："杀人的追诉期是多久？"

善景被这个突如其来的问题弄得一头雾水。但比起这个，更让善景惊讶的是他平静的表情，不见丝毫感情波动，声音也低沉平和。这种变化就像是夏季的阵雨，不久前的激动消失得一干二净，隐隐的笑容又浮上嘴角。善景看到那张戴回了面具的脸，不知为何有些泄气，她叹了口气。

"杀人的追诉时效限制已经取消了。"

"这样啊……那么假设，我是说假设。"

李秉道说到一半，瞟了瞟狱警，压低声音，用手掌挡在嘴边，凑到善景面前小声说："假设我杀了我母亲……会是死刑还是无期徒刑？"

"……！"

善景震惊地看着李秉道，仔细探进他的眼睛，想要判断他话中的真意。李秉道看着善景，扑哧一笑，起身冲狱警喊，他要回牢房。

善景既无法起身，也不能叫住他。

说起母亲之后，他露出了满是伤痕的身体，他说自己的儿时就是地狱。善景的直觉告诉她，他的母亲并没有在他十七岁时离家出走，难道他真的杀死了母亲？

这样的话，他的第一次杀人就要回溯到更久以前。

李秉道走出房间，什么也没说，而善景也没有看向他。他一直用面无表情伪装着自己，却突然在善景面前摘下了面具，这种冲击让善景无法动弹。

母亲是他唯一的家人，但从出生的那一刻开始，他便不断遭受着母亲的虐待，听着母亲残忍的咒骂，善景无法想象那是怎样一种情形。在那种环境下，他的灵魂遭到了多大的破坏，只是想一想都会令人无法喘息。

她勉强整理好情绪，将笔记本和录音机收进文件包。这时，她脑中突然浮现出荷英的脸。

第一次和李秉道会面那天，荷英来到她家。那时她没有注意到，荷英的眼神与李秉道有着微妙的相似之处。假装坚强，却又脆弱，锋利冷漠的眼神背后却透着孤独。

看着李秉道冷漠的眼神，她有时会生出一种冲动，想要抱住他，为他抚平伤痕。善景从他的眼神中看到了一个无法长大的孩子，这让她想到了荷英。

年幼的荷英也因为母亲受到了很多伤害。

那些记忆对荷英会有怎样的影响？她会成长为怎样的人？善景

被自己的想法吓了一跳，赶忙摇了摇头。自己怎么会把李秉道和荷英想到一起，这让她有些内疚。

荷英与李秉道不一样，荷英的身边有能够保护她的父亲，虽然在火灾中去世了，但她也曾经有过爱护她的外公外婆，接下来等待她的，是能帮她治疗冲击和伤痛的崭新环境。荷英有足够的时间让伤口愈合，只要有人守护在身边，帮她清理化脓的伤口，长出新肉，她就可以健康长大。

荷英与李秉道不同。

14

善景一大早便开始为荷英转学的事情忙碌。

从荷英到家的第一天起，和孩子有关的大小事全都是善景在打点。

比起每天要上班的丈夫，善景在时间上更自由，而且这学期结束了，她平日也不需要外出，荷英的事情自然而然就落到了她头上。装饰荷英的房间，购买孩子的衣服和日用品，都成了善景的工作。虽然提前有了心理准备，但这么多事情全由她独自处理，善景还是难免对丈夫的漠不关心有些失望。不过跟荷英比起来，善景的失望根本不算什么。

每天丈夫出门之前，荷英总会撒娇黏着他。忙着准备上班的丈夫一开始还会惯着她温声答话，但没过几天，他便只会敷衍地应声或者干脆不搭理。丈夫最近一段时间埋头于研究论文的写作，没有更多的精力分给孩子，但年幼的荷英不会懂得这些。

荷英察觉到爸爸态度的变化，话渐渐变少，也不再缠着他。今天早上，荷英根本没从二楼下来。

善景正准备去学校办转学手续，她走上二楼。

敲了两下后打开房门，荷英正躺在床上。爸爸上班前没有上楼哄她就直接出了门，荷英吃早饭时就一直很不开心，这会儿还没有消气。

“我现在要去你的新学校，要不要跟阿姨一起去？”

善景不放心把孩子一个人留在陌生的家里，而且提前去看看新学校也不错。

等了好一会儿，荷英也没有回答。

“荷英不想去新学校看看吗？”

“……”

还是没有反应，善景不再多说，离开了房间。孩子不想去，她也不能强迫她去。

一切准备好之后，善景走出卧室，却见到已经换好衣服的荷英站在玄关处。看来她还是不想独自留在空荡荡的家里。

她们先去街区事务所办理了入户确认书，只要将确认书交到学校就可以了。从家里步行到学校只需十分钟，以后荷英完全可以自己上学。

在去学校的路上，善景一直在找话题，想让荷英忘掉不开心。

以前的学校怎么样？还会联系以前的朋友吗？但荷英什么也不说，她也不会四处张望，似乎对自己以后要生活的街道没有丝毫的好奇。怎么说呢，就好像无所谓自己在哪里，对外部世界漠不关心。像乌龟一样躲在硬邦邦的外壳里，又仿佛一棵随时会因为外界的刺激蜷缩起来的含羞草，将自己的内心封闭了。

对善景也是一样，她不了解善景，也不打算去了解。对她来说，善景只是与爸爸生活在一起的人。想要改善两人的关系，丈夫的作用非常重要，他却因为工作无暇顾及这些。

荷英勉强跟在自己身后，但善景能察觉到她渐渐将内心锁进了更深处。她不再说什么，计划等丈夫回来之后，提醒他多关心关心孩子。不知不觉间，两人到了学校大门前。

她们走进学校的运动场，善景看着学校的建筑，莫名涌出一种依稀的怀念。

这是善景毕业后第一次走进小学，虽然不是她念过的学校，但模样并不陌生。四层建筑被漆成了彩色，运动场也不大，耳边传来正在上体育课的孩子们一边跑步一边叽叽喳喳说笑的声音。善景也有过那样的时光，却仿佛已经过了百年一般，模糊得很。

荷英来到家里不到一周，自己突然就变成了学生家长，善景心里有一种说不清的情绪。同龄的朋友中，也有人已经有了上学的孩子，但善景连结婚生活都还没完全习惯，突然就成了孩子家长，那感觉就像是穿着别人的衣服一样陌生不适。没有充分准备就开始新角色，难免生疏又笨拙。

就拿转学来说，她连应该去找谁询问都毫无头绪，结果还是靠上网搜索备好了材料。虽然没有预想的那么难，但她已经切身体会到，在成为父母这件事上，自己需要学的太多了。

仿佛是自己要转学一样，善景怀着紧张和畏惧踏上了运动场。现在这一刻对荷英和善景来说，都是一个新的开始。她不自觉地深吸了一口气，去拉一旁荷英的手。

接触到孩子的瞬间，荷英甩开了她的手。孩子不理会善景，紧紧抿着嘴，死死盯着学校。不知道是因为早上的事，还是因为陌生学校带来的紧张感，荷英的心情看起来不太好。

善景在教务处办理手续的时候，荷英一直安静地坐在一旁。手续并不复杂，受理入户确认书后，教务长直接为荷英分配了班级。

接着教务长起身，说要为她们介绍荷英以后的班主任。

“老师马上就会过来，荷英也过来吧。”

不等善景说完，荷英便摇着头跑了出去。善景赶忙跟着跑到走廊上，孩子却已经跑远了。荷英跑过的走廊一侧，教务长和一位三十多岁的女老师正从楼梯上走下来。

“这位就是班主任林恩实老师，这位是新转来的尹荷英学生的家长。”

“您好，不过孩子刚才跑到那边去了，这可怎么办？”

“没关系的，孩子可能想在学校里四处逛逛。”

教务长一点儿不着急，领着善景向教务处走去。

班主任将荷英上学需要的物品写在纸上递给善景，告诉她学校会为孩子准备好教科书。林老师给人的印象很好，说话沉稳，一看就是一位可靠的老师。但善景心中惦记着跑出去的孩子，根本无暇好好打个招呼。

善景请林老师以后多关照荷英，考虑到孩子适应新学校之前需要经常和老师联系，便递上自己的名片。林老师答应会注意关照荷英，让她不要担心，善景这才稍微安下心。她犹豫了一下，要不要事先透露一些荷英的情况，但又不想让人产生偏见，便作罢了。确定荷英可以从明天开始上学后，善景便匆忙和林老师道了别。

善景四处寻找荷英，运动场上没有人，她在两栋教学楼周围转了一遍，走到仓库附近时才找到了人。

荷英在教学楼后侧山脚边的生态园地里。仓库后面一侧的空地用篱笆围成了一片菜地，里面种着生菜、辣椒和小番茄，每个班级有自己负责的区域，中间插着一些小小的标志牌，写着年级和班号，菜地旁边是用铁丝网围成的小型动物农场。

荷英正蹲在铁丝笼前面看里面的兔子，善景这才松了口气。

“你在这儿啊，在看小兔子？”

善景站在荷英旁边，看向铁笼。和菜地相似，里面有各个班级饲养的小鸡、兔子等小动物，它们都在各自的笼子里，另外还有几个鸟笼。

荷英静静看了一会儿兔子，很快就没了兴趣，站了起来。但她没有立刻离开，而是走到了鸟笼附近。她想找一些能喂给小鸟的食物，四处看了看，从菜地里揪了一片生菜叶，放进了鸟笼。

小鸟经常接触孩子，一点儿也不害怕，立刻就跳到生菜叶旁边。一两只开始啄食菜叶之后，其他的小鸟也围了过来。荷英看了片刻，突然打开笼子，伸手抓过去。小鸟避开荷英的手，从打开的笼门缝隙中飞了出去。

善景赶忙跑过去，抽回荷英的手，将鸟笼关上，但已经有几只鸟飞了出去不见踪影。

“你在做什么？小鸟都飞走了！”

孩子无辜地看向善景，仿佛没了兴趣一般，转头朝运动场走去。善景既不能发火教训也不能唠叨指责，只能叹了一口气。

回家的路上，两人顺道去给荷英买了些衣服、内衣和袜子，然后又去文具店买了一些文具。荷英的物品在火灾中全被烧毁，要买的东西像山一样多。从荷英来的第一天开始，善景只要想到什么就会立即买回来，但总是有准备不完的物品。她们又去家居店买了新窗帘和换洗的被子，善景两手提满了购物袋，脑子里却还是不住地冒出来更多需要购置的物品。

一起购物的时候，荷英什么话也不说，跟在善景的后面。但毕竟是要给荷英穿的衣服，善景拿起衣服给她看的时候，能看出她有一些细微的反应。即使不说什么，从表情也能猜出她的心思。也许是因为买到了自己喜欢的衣服，荷英欣然接过购物袋之后，不时还会朝里面看一眼。

善景的心情也跟着孩子有了变化，她曾担心自己是否照顾得有些过度，现在又觉得孩子正是需要得到关心的时候，等荷英适应了新环境之后，自然就不必这样事无巨细。两人外出的时间不算久，但回到家后，善景非常疲劳，带孩子果然不如想象中的那般轻松。

第二天，荷英去学校之后，善景便忙碌起来。

她先去买了几件前一天没来得及买下的衣服，又下单订购了一些书和抽屉柜，然后去超市采购，还要在同家具店和超市预定的配送时间之前赶回家。到家后，她看到一辆卡车已经停在了家门前。

善景赶快打开门，请司机把家具搬到二楼荷英的房间里。出门前她已经提前腾出了空间，新家具很快便到位，之后的事情就轻松多了。

昨天把新买的东西送到荷英房里之后，善景嘱咐过让她自己整理，但当她打开衣柜一看，衣服连包装都还没有拆。善景拆开床单和被子的包装，帮荷英铺好床，然后将孩子的衣服都挂进衣柜，内衣和袜子叠好收进了新买的抽屉柜。等她将书桌上的书包和文具整理好之后，已经过了午饭时间。

善景回到一楼，从冰箱里拿出水喝了两口，思考着有没有落下的东西。她先想起来的是电脑，还是应该给荷英买一台笔记本电脑。现在的小学生都要上网，荷英肯定需要。她计划周末让丈夫带着孩子一起去买，趁机安抚一下孩子被爸爸冷落之后的沮丧情绪。

整理好之后，善景来到客厅，突然想起荷英房间里的小熊玩偶。

因为脏兮兮的小熊，善景本就打算将荷英的被子洗掉，不如趁机一起。于是，她上楼将小熊玩偶拿了下来。

善景在浴缸里放满水，倒了一些洗衣液进去，搅出泡沫之后把小熊放了进去，用手揉搓起来，很快就有黑色的污水冒出来。也不知道多久没洗过了，善景换水冲洗了好几遍，还是不断有污水流出来。她花了一个多小时才终于让小熊找回了原本的颜色。

善景把洗好的小熊放进洗衣机脱水，然后就累得瘫坐在沙发上，身体疲惫，心情却很好。

新家具，新被子，善景想象着荷英开心地抱着干净小熊的样子，心情很不错。她抬头看了一眼钟，已经快两点了。善景赶忙起身，为荷英准备小点心。收拾好一切之后，她才想起自己还没有吃午饭。她现在才知道那些有孩子的朋友每天到底有多忙碌。

时间过得太快，要做的事情却没有尽头。

洗衣机那边传来脱水结束的提示音，毛茸茸的小熊像新的一样，散发着香味。把小熊晾好之后，善景回到客厅，接到了丈夫的电话。

丈夫今天终于能提前下班，他让善景等孩子回来之后直接做好外出准备。善景前一天跟丈夫提起过，孩子最近情绪低落，让他多关心一些，看来这话还是有点儿用的。

快两点半的时候荷英回来了。第一天上学，善景有很多想问的。

"学校怎么样？交到新朋友了吗？"

但荷英似乎很累，什么话也没有说，直接上了二楼。

"爸爸说他马上就回来，你稍微休息一下就换衣服下来吧。"

善景估计孩子因为天气炎热累坏了，便赶快走到厨房打开了冰箱。丈夫回来就出门的话，应该是要一起外出吃饭，于是她没有拿出提前准备好的点心，只倒了一杯冰镇果汁。将果汁瓶重新放回冰箱后，荷英噔噔噔地跑下楼，一副立刻要跟她打上一架的表情。

"你进我房间了？"

"……嗯？"

荷英这是怎么了？她当然得进房间才能把新买的家具放进去，把衣服和其他物品整理好。善景有些不知所措地愣住了。

"在哪儿？"

"什么在哪儿？"

"我的小熊。"

紧张的善景这才笑着回答："我把它洗了，我看它太脏……"

"我问你它在哪儿！"不等善景说完，荷英就喊了出来。

她狠狠瞪着善景，眼神犀利。善景摸不着头脑，哑口无言。

荷英跑了出去，善景脑子里一片空白，眼前闪过荷英冲自己吼叫的样子。

不知过了多久，荷英才抱着小熊从阳台上回来，她看都没看善景就直接跺着脚上楼了。善景整个人都蒙了，自己忙了一整天，之前那种充实的愉悦感一下子就散尽了。但她不能对着孩子发火，她深吸一口气，尽量平静下来后，用平常的语气喊道："荷英，那个还没干呢，快把它拿下来。"

小熊玩偶完全晾干怎么也得三天，但孩子没有下来，也没有回答。善景耐心地听了一会儿，二楼没有一点儿声响。她又叫了几次，还是没有反应，最后只好直接上了楼。

打开房门后，善景愣住了。房间里一片混乱，满屋子都是被撕碎的布料和填充海绵，散得到处都是。

"你……你在做什么？"

荷英正抓着小熊，用剪刀划开它的肚子。但剪起来并不容易，荷英干脆把剪刀扔掉，撕开布料，把里面的填充物全部掏了出来。荷英将小熊肚子掏空之后，又拿起剪刀瞄准了小熊的头。她毫不犹豫地划破布料，深深地刺了进去，对一旁的善景视若无睹。

"你在做什么？快停下！"

善景赶忙跑上前抓住了荷英的胳膊，却被粗暴地甩开。

"我让你停下！"

善景伸出手，荷英便立刻高高地举起剪刀，瞪着善景，她眼里冒着怒火，仿佛下一秒就会扑上去。善景从未见过这么凶狠的表情，她简直不能相信这个拿着剪刀狠狠瞪着自己的孩子真的只有十一岁。

善景僵在原地看着荷英，什么话也说不出口。

荷英手里的剪刀在阳光下反着光。那道光飞快地朝善景飞过来，她紧紧闭上双眼，急忙扭过身子，这才勉强躲过了挥过来的剪刀，但是手臂被划出一道伤口，火辣辣地疼。她低头，看见一道红色，被划到的伤口渗出了血。

“你这是在做什么？”

“出去！”

善景吼了她一句，但荷英眼睛都不眨一下，一脸冷漠地瞪着善景，大声叫起来：“从我房间出去！我让你出去！”

此前一次都没听过的脏话从孩子嘴里不断涌出。善景看着冲自己破口大骂的荷英，脑子里一片空白。她不受控制地抬起手，愤怒麻痹了理智，仿佛眼前什么都看不见了。

荷英被善景扇了一耳光，愣在了原地。善景也一样僵住了，她这才回过神，不能相信自己刚才的举动。虽然从第一天起她和孩子的关系就十分紧张，但这么气愤还是第一次。她看向脸色苍白的荷英。

荷英手里的剪刀掉了下来。

“荷……荷英，没事吧？”

善景吓了一跳，赶忙走上前想摸摸荷英的脸颊。但愣住的荷英瞬间变回小孩子的面孔，眼眶中溢满了泪水，大颗大颗的眼泪成串地流下来。看到一瞬间变了脸的荷英，善景目瞪口呆。

荷英伸手推开善景，一边朝房门走去一边喊起来：“爸爸！”

善景一惊，转身看到丈夫正站在门口。

善景不知道丈夫是什么时候回来的，但看他的表情，自己打孩子的事情一定被他看到了。他把荷英抱进怀里轻轻安抚，看向善景的眼神很冰冷，那眼神中含着对善景的失望和冷漠。

善景这才知道荷英为什么会在一瞬间变了表情，她全身的汗毛都竖了起来，被孩子狡猾的演技惊呆了，心中无比混乱。

她并不担心丈夫的反应，以后把事情说开就能解决。让善景脑子一片混乱的是荷英一瞬间的变脸，那不是被打了耳光的孩子看到爸爸以后因为委屈才哭出来的样子，那一瞬间的变化不是感情的流露，而是出自理性的计谋。瞪着善景的孩子突然跑向爸爸，那一瞬间的眼神暴露了她的内心，都是计算过的。

她知道自己的举动能让对方产生怎样的情绪，她的行为就是为了诱导出她所希望的情绪。她怎么能在那么短的瞬间想出这样的计策？善景被她的狡猾震惊了，也终于明白荷英之前一直生活在怎样的环境里。

善景看了看在爸爸怀里委屈哭泣的荷英，什么都没说就走出了房间。她必须要跟丈夫认真谈谈这个问题，不过现在就让丈夫好好安慰一下荷英吧。

善景走进书房，让自己平静下来。她不知道以后要怎么和荷英相处，丈夫的反应也让人有些在意，毕竟亲眼看到女儿被打，不论是怎样的理由，这种举动连善景自己都不能原谅。

不出所料，丈夫非常生气。过了一会儿，他走进书房，什么也没说，望着窗外站了好一阵，然后拿了把椅子过来，在善景对面坐下。

“你能告诉我发生了什么吗？”丈夫的声音异常冷静。

但那冷静的语气反而让善景不安，她了解丈夫，生气时反而会变得平静。

“打了孩子的事……是我的错。我一瞬间没控制住，看到孩子冲我破口大骂……没忍住。”

“荷英为什么会对你破口大骂？”

“不知道，我不知道她为什么会那么生气……”

“肯定是发生了什么事。”

“就是那只小熊，你不是也看到了，那么脏……我就只是把它洗了。”

“就只是这样？”

“还能有什么。她一从学校回来就急着找她的小熊……然后也不管小熊还没有晾干，就抱着它跑回自己房间里……”

善景想起荷英把自己心爱的小熊撕得粉碎的样子，不由得打了个寒战。那个孩子的心中怎么会藏着那么强烈的愤怒？荷英挥舞剪刀瞪着自己的样子让善景全身的血液都凝固了。虽然不想承认，但她很害怕，荷英让她恐惧，是恐惧让她打了孩子。

丈夫不会理解的，她怎么可能对丈夫说出孩子让自己感到害怕这种话？

不能放任事情这样下去，她必须采取一些对策。

15

爸爸离开房间后，荷英才松了口气，瘫坐在地上。

如果不是爸爸及时回来，也许真的会发生不好的事情。荷英看着掉在地板上的剪刀，想起阿姨的面孔。她那时是真的想刺上去，她无论如何都无法理解，怎么能随意去动别人的东西。一想起阿姨，荷英便又生起气来。

荷英大喊着将手边的东西都扔了出去，然后她突然意识到，如果自己发出这样的声响，爸爸很可能会再上来。她不想再听到爸爸的唠叨，只好安静下来。

来到这个家的第一天，爸爸抱着荷英小声对她说："如果想在这里和爸爸一起生活，就要好好听阿姨的话。"

因为爸爸的那句话，她不管遇到多么不高兴的事情都忍了下来。

即使阿姨为她选了过时的衣服，她也没有抱怨。最近的孩子根本不会穿那种衣服。阿姨就像打扮洋娃娃一样，给她穿上这样的衣服，又穿上那样的衣服，独自开心。她的腿很疼，肚子很饿，却因为爸爸说过的话默默地忍受着。

床上盖着粉红色的被子。荷英从学校回来看到那床被子的瞬间，胃里一阵恶心，几乎吐了出来。因为阿姨就在身边，所以她没有露出厌恶的表情，但一想到以后要盖着粉红色的被子睡觉，她全身的汗毛都立了起来。而且，就像是故意一般，阿姨还给她的房间挂上了浅绿色和粉红色的格子窗帘。一进到房间里，荷英就因为这些花花绿绿的颜色感到反胃。她在这个世界上最讨厌的颜色就是粉红色，但她没有对阿姨说什么。

因为爸爸说过的话，也因为她知道，大人们是不会认真听小孩说话的，他们只会按照自己的意愿行动。如果将心中的想法都说出来，他们只会说自己傲慢，或是教训自己是不听话的孩子。和外公外婆一起生活的那段日子让荷英明白，不说话反而更好。妈妈还活着的时候也没有什么两样，她的妈妈甚至连妈妈都不让她叫。

荷英被妈妈伤到手臂骨折住院的时候，面对爸爸和医生的提问，她也什么都没有说。妈妈担心她开口，一直在旁边用力抓着她的胳膊。妈妈抓得太用力了，疼得她直流眼泪，根本说不出话来，于是妈妈在一旁代替她开了口。一想到妈妈，荷英的心情又变得糟糕起来。她赶忙摇了摇头，抹去脑海中妈妈的面孔。

虽然她不喜欢这个家，但这里比鹰岩洞的外婆家要好上百倍。

外婆从早上醒来到晚上睡去，不，即使荷英还在睡梦中，都会来到床边不停地唠叨。如果她穿着袜子进了房间，就会说她将灰尘带了进来；如果她光着脚进来，又会责备她在地板上留下了脚印。吃饭的时候，不管荷英吃得快还是吃得慢，都会被责备。

外婆仿佛对荷英的一切都感到不满，时刻跟在她身后打骂。有一次她下定了决心，哭着喊着要去找爸爸。然而，听到荷英说要和爸爸一起生活，外婆只是不屑地哼了两声。外婆又打了她，说爸爸已经有了新的妻子，不会在乎她，以后不许她再说出这样的话。

荷英心里明白外婆说了谎，她知道爸爸想要和自己一起生活，但外婆不放她走，因为每个月从爸爸那里拿到的抚养费就是外公外婆的生活费。某一天，荷英听到了外婆和外公争吵的声音，然后她才明白为什么外婆如此憎恶她却不愿把她送到爸爸那里。

因为外婆的阻拦，荷英给爸爸打电话也变得越来越困难，她很害怕这样下去就再也见不到爸爸了。如果不是那场火灾，荷英恐怕还生活在外婆的抱怨和打骂之中。

来到这个家以后，最好的一点就是安静。独自一人躺在房间里的时候，什么声音都听不到。让人恼火的粉红色，只要闭上眼就看不到了。阿姨即使在家里，也不怎么从书房出来，所以荷英有很多时间可以一个人想事情。

就像爸爸说的，为了在这个家和爸爸一起生活，必须要听阿姨的话。爸爸实在太听阿姨的话了，不管什么，只要阿姨说了，他就会二话不说地照做。有时候，比起自己的话，爸爸好像更相信阿姨的话，这让荷英有些生气，但她只装作不知道。

慢慢地，她能见到爸爸的时间越来越少，但这也没关系。对荷英来说，只是和爸爸生活在一个屋檐下，都如同美梦一般。所以阿姨让她做的事情她都乖乖照做了，也默默忍受着粉红色。

如果不是阿姨动了她的小熊，其他事情她都无所谓。

从学校回来走进房间，看到本该在床上的小熊不见的时候，荷英简直要疯了。她翻遍整个房间也没有找到，却看到了阿姨进来后随便翻动的痕迹。她知道是阿姨干的好事，发疯一般地跑到一楼。她害怕小熊被扔掉了，不过幸好，小熊还在家里。

现在不是坐在这里哭的时候。荷英用手背将留在脸上的眼泪擦掉，开始收拾起散落在地板上的破布和海绵。她看到抽屉柜一旁原本用来装被子的塑料袋。她将塑料袋拿过来，把撕碎的破布和海绵装进去。荷英将小熊肚子里的海绵都掏了出来，却还是没有发现她要找的东西。

明明就在这里面。

为防万一，她又将已经确认过的海绵摸了一遍。她心里愈发焦急，那东西绝对不能丢，那是爸爸送给她的礼物，是留有妈妈回忆的唯一一件物品。

地板上的海绵几乎都装进塑料袋了。她又仔细看了看四周，确认没有漏掉的东西。她看到书桌底下的小熊脑袋，便抓住小熊的耳朵将它拽了出来。荷英将手伸进小熊的脑袋里翻找起来，摸到了一个硬硬的东西。找到了！

她抽出手张开看了看，就是她正在找的东西。

荷英这才安下心来，不由自主地叹了口气。她赶快将剩下的垃圾装进塑料袋，放到了房子外面。她锁上房门，坐在床沿，默默地看着手中的东西。棕色的瓶子在阳光下闪闪发光。

荷英心想，要把它藏好，不能让任何人找到，她不想再让这件东西落入其他人的手中。荷英看了看一片混乱的房间，嘴角浮现出微笑。

她找到了不会被任何人发现的地方。

16

夜晚又变长了，早已被忘记的噩梦又回来了。

不应该让善景带苹果来，不应该去闻苹果的香气，不应该吃掉那个苹果，从那个瞬间开始所有的事情都偏离了轨道。

从拿起苹果咬下去的瞬间开始，长久以来被李秉道埋藏起来的饥饿感一齐释放出来。见到善景之后，他的内心就开始动摇，都是因为那个苹果，顺着食管进入肠胃，扩散到他的全身，把十几年前的记忆一个一个唤醒了。

再也回不去的地方，被自己封印的地方，那些记忆一点一点侵蚀他的睡眠。

躺在硬邦邦的地板上，闭上眼睛就能感受到苹果仓库里冰冷的空气。

装得满当当的几百箱苹果都卖掉了，最后剩下的那几箱随着天气渐暖开始散发出腐坏的甜味。天气变暖之后，果树园的阿姨会和姐姐们挑出烂掉的苹果，然后他会将那些苹果装进箱子，扔进从果树园门前流过的小溪。

苹果或顺着水流漂走，或卡在岸边石缝中任水流冲击也无动于衷，他看着它们，觉得自己就像那些烂掉的苹果一样。虽然没有人发现，但从那首歌重新响起的瞬间起，他的脑子就开始慢慢腐烂了。他怀着不安睡去，微风吹过的声音和树枝摇动的声音都会让他惊醒。

“要看仔细，一个烂苹果会让箱子里其他的苹果一起烂掉。”

阿姨将那些看起来完好的苹果也挑了出来，他看不见的那些腐坏逃不过阿姨的眼睛，看出他异样的也是阿姨。

“怎么了？”

他的举止和平时没有不同，但阿姨却看出了他的变化。话没有变少，胃口没有变坏，但阿姨感觉到了在他心里涌动的冰冷空气。他无法回答，只能摇摇头说没什么。阿姨尽力收起难过的表情，露出笑容。

“如果有什么想说的，随时都可以跟我说。”

他想将自己那一点一点腐烂的脑子剜去，想像他自己说的那样：没什么。但是他不能，母亲的记忆已经扩散到他的全身，他的血、肉、骨头都被污染了。他感受着自己快速腐烂的身体，将这具身体投入了溪水中。

那天，在冷入骨髓的溪水中，李秉道明白了。他要离开，他和那些被扔进溪水中的烂苹果一样，就算留下也只会散发出腐坏的气味，危害到阿姨和姐姐妹妹们。

从那里离开后，他再也没有回去过。

将母亲埋葬的那天，他想起了果树园，他想起那棵又大又结实的苹果树，他总从上面摘苹果。那里仍旧结着能够抚慰他内心饥渴的果实。但是他马上就摇了摇头，被溪水带走的时间不会回来，那是他自己选择抛弃的地方，再也不可能回去了。如梦一般在果树园度过的那几年被他从自己的记忆中抹去了。

如果没有见到善景，那些记忆将永远被封存，直到他走向死刑台。

他在看守所里随着缓慢流逝的时间，反复回味着自己犯下的几十件杀人案。还有十几件他没有告诉警察，被他珍藏在记忆中，只有他能够尽情观赏。虽然没有散发着果香的苹果，但也没有妨碍他的东西。不再听到母亲哼唱的旋律，就这么等待死亡也不错。直到他见到了善景。

那天他心情不太好。

他在没有人也没有建筑物的茫茫田野上追着一只野猫。他不知道它从哪里来，但这只有着黑灰色毛皮和金黄色瞳孔的猫却一直徘徊在他周围，发出婴儿哭泣一般的细弱叫声。最初，他并没有去理会，但这只猫挑拨着他的神经，望着他，在对上他视线的时候停下脚步，他一追上去又会立即逃开，就这样反复着。等他追进废弃的破屋时，野猫才停了下来。

那是他埋葬母亲的旧屋。野猫消失得无影无踪，无人打理的院子里杂草丛生。被扔掉的铲子布满了锈迹，仿佛下一秒就会迸裂。一侧的围墙已经坍塌，阴森恐怖。当意识到这是什么地方的时候，一股寒气从他的脚底涌上。他想立刻从大门跑出去，但触手可及的大门却渐渐变远，干硬的地面不知何时变成了沼泽，拉扯着他的双脚，越是挣扎就陷得越深。

他挥着双手想找到可以抓住的东西。当他抓住一簇杂草勉强快要挣脱的时候，有什么东西抓住了他的脚踝。他低头，看见只剩下干枯骨架的一只手正紧紧抓着他。他用尽全力想踹开那只手，却没有用，身体又开始陷进泥沼中。他想重新抓住周围的杂草，但院子中的一切都开始和他的身体一起被泥沼吞没。

“喵。”

野猫不知何时蹲在了廊檐下，望着慢慢沉入地下的他。他冲野猫尖叫着从睡梦中惊醒。

那天是每月一次和法院指派的律师见面的日子，偏偏是在做了这种梦之后，这让他心情不太好。他本想直接推掉会面，却因为某种莫名的预感没有那样做。他忍下不悦的心情去了会见室。

刚要走进会见室所在的建筑时，他注意到另一侧的玻璃门外有一群学生，他们的脖子上挂着参观名牌，脸上带着紧张和兴奋的神色。

狱警拦住了他，打算等学生们都过去之后再让他进去。他等在原地，在学生队伍的末尾处看到一个女人。看到那个女人面容的瞬间，李秉道仿佛被雷击中了一般。

一瞬间，所有的一切都从他的视野中消失，看守所的大楼和狱警都不见了，他的眼中只剩下那个女人和他自己。

怎么可能？他不敢相信自己的眼睛。

女人从久远得已经变成化石一般的记忆中走出来，走到了他的身边。她抬手将落在额头前的刘海拨到一边，那样子实在太像了。

单肩背着果篮摘苹果的阿姨总会用手背将落在额前的刘海拨到一边，她会一边用手背擦去鼻尖上渗出的汗珠，一边回头笑着看他。她笑的时候，鼻梁上会生出道道细纹。

女人和他第一次在医院见到的阿姨太像了，他赶忙看了看女人脖子上的名牌。

不知为什么，他觉得昨天的梦就像是一种预兆，仿佛自己忍下烦躁，出来与律师见面也是为了见到她。女人从他面前走过，朝学生走去，完全没有留意到李秉道正看着自己。

走向会见室的路上，李秉道从狱警口中问出了参观学生和女人的信息。他只知道他们是犯罪心理学专业的学生，来这里进行参观学习，不过这就足够了。

和律师见面的时候，他不动声色地提起一直被他拒绝的会面申请。律师很好奇他的意图，提了很多问题。他说这是一种忏悔，用这样的理由说服了律师。一周之后，律师将犯罪心理学会咨询委员的名单给了他，他却提起了女人的名字。他借口说自己在杂志上见过这个人，如果是她的话，他愿意接受会面。

因为噩梦无法入睡的时间越来越长，他经常会想到那天的事情。那天他不该忍着不悦去同律师见面，那样的话他就不会见到善景。是他自己打破了平静的日子。

果树园门前，几百、几千个烂苹果正顺着溪水漂走，曾经挂满了苹果的果树，只剩下干枯的树枝，不是断掉就是枯死。因为他的贪心，因为他想回去，想再见一次果树园的阿姨，结果连那纯洁之地都被污染了。如今他再也回不去了。

他从睡梦中醒过来，在黑暗中睁着眼睛思考。我想要什么？我这样等待着善景，是想确认些什么？善景不是阿姨。他反复地告诉自己这个事实，却也无用。

他开始变得愈发不安。因为他能感觉到，从远处，从很远的地方，一点一点传来了母亲的歌声。

被封印的记忆之房由他再次打开的瞬间，那里也不再是天堂。

17

去医院之前，善景给在儿童心理咨询所工作的熙珠打了个电话。

熙珠是善景大学时一起学心理学的朋友。善景去留学之后，她们有一段时间断了联系，去年善景婚礼的时候，熙珠的出现给了她一个惊喜。那时，熙珠和其他朋友一起在新娘休息室和善景合影，等到只剩下她们俩的时候，她对善景说："说实话，我不太喜欢他。"

说实话是熙珠的口头禅，就像她说的那样，别人说不出口的话，熙珠总能实话实说。有时，她的实话也会让人不快或伤心，但多亏了熙珠的实话，两人才能变成掏心窝的朋友。

熙珠说她在礼堂外面看到了正在问候宾客的新郎。

"哪里让你不喜欢了？"

"他是你的新郎这一点。"

接起电话的咨询所职员把电话转给了熙珠。

"十一岁的孩子？要你来养？"听完善景的话，熙珠提高了声音。

善景已经有了心理准备，但对方还没听她详细说明就有如此强烈的反应，这让善景不免有些失落。熙珠察觉到气氛的变化，没再继续说什么。

"算了，现在再说什么也没用了。那你给我打电话是发生了什么让你在意的事情了？"

对方做好了倾听的准备，善景反而不知道该如何开口。

她沉默了片刻，从荷英第一次来到家里的那天开始说起。熙珠默默地听着，等讲到小熊玩偶的事情时，她突然打断了善景。

"等等，等一下，那个孩子因为火灾失去了一切，你却把她的玩偶也抢走了？"

"什么意思？我只是把它洗干净而已。"

"你也是学心理学的，怎么会说出这种话？"

善景沉默了。

“你想过那个小玩偶对孩子来说意味着什么吗？在火灾那么混乱的情况下，她还抱着它不放手，你应该能想到，对她来说这是多么重要的东西。如果那上面留着她母亲的味道呢？那你不就把孩子母亲留下的最后一点痕迹都给抹掉了。”

善景这才明白了熙珠的意思。

她也有过那样的经历。

从母亲的葬礼回来之后，她钻进母亲的衣柜，把挂在衣柜里的衣服都拿下来，坐在其中寻找母亲的气味。哪里都寻不到母亲的气味，但越是这样她越觉得某个角落里一定会留有一丝熟悉的气味，越是将脸深深埋进衣服之中。几个小时以后，死活找不到善景的父亲打开衣柜的时候，善景拿着母亲的围巾说：“爸爸，这里有妈妈的味道。”

她不记得那时父亲露出了怎样的表情，她还没来得及看父亲的脸，就被一把抱进了怀里，父亲颤抖着号啕大哭的样子让她慌了神。

那之后没过多久，父亲说要将母亲的物品整理出来烧掉，善景为此有好一阵子没跟父亲说话。她很生气，不明白父亲为什么这么快就想把母亲从心里抹去。

善景站在荷英的立场上想了想。

代替母亲占据了父亲的人，如今竟想把母亲留给自己的唯一痕迹抹去，荷英必定会拼死反抗，但自己却打了她，孩子一定非常委屈。

善景想起早上荷英的样子。

她不理会善景，连丈夫的问话也不回应。丈夫好不容易才让不想吃早餐的孩子在餐桌前坐下来，但也只能做到这个程度。孩子挥手把面前的碗筷打掉，面对丈夫的斥责，她眼睛也不眨一下，冰冷的沉默让餐桌上的气氛十分压抑。

“你在听吗？”

“哦……？哦，你说。”

“我就说一点，那个年纪的孩子没有你想象的那么幼稚，周围的情况、人际关系、谁掌握着家里的主导权，这种程度的事情他们一下子就能明白。在你观察孩子的时候，他们也在琢磨你。”

善景没有想过这些，就因为昨天的事，孩子和自己之间的距离不知又疏远了多少。

“你也不用太担心。虽然现在还很困难，等孩子情绪稳定下来，确定你是可以信赖的人以后，她会把昨天的事情忘掉的。”

“……”

善景思索着昨天发生的事情，电话另一边传来了熙珠和别人对话的声音。

“太抱歉了，我马上有一个咨询要开始了。”

“哦，没事，谢谢你了。”

“如果你有什么想了解的，或是有问题发生，随时联系。”

只是一个简短的通话，作为专家的熙珠点出了善景没有意识到的问题。

她没想过小熊对荷英来说意味着什么，用自己的标准做出了判断。她没有意识到，就因为又旧又脏，才可能包含着更多的意义。她把荷英母亲留下来的最后一丝痕迹放进洗衣机，用洗衣液和泡沫将它们都抹掉了。她这才意识到自己犯了多么严重的失误，理解了昨晚荷英愤怒的原因。

在犯下更大的失误之前，她必须更加用心地去多多了解荷英。善景匆忙出了门，她有很多事要问丈夫。

“为什么突然问这个？”

一问起前妻和孩子之间的事情，刚刚还很温柔的丈夫一下子变得很不耐烦。他将手中的咖啡一口喝掉，有些粗暴地将纸杯捏扁。

善景没有提前联系就跑到医院来，这让丈夫有些吃惊，但听她说想聊聊孩子的事情后，便爽快地腾出了时间。上午的治疗已经结束，到午休时间之前他都有空，而且他也想聊一聊荷英的事。但一提起前妻，他的态度就有了变化。丈夫和前妻之间的事情，善景隐约听到过一些，看来不光是荷英，丈夫也受到了不小的伤害。

"上次不是已经跟你说了吗？"

"想了解荷英现在的情况，必须要知道她和她母亲之间是怎样的关系，必须要知道她们之间发生过什么。"

"……"

丈夫看向窗外，望着天空过了好一阵，才终于下定决心，用有些喑哑的声音说起前妻的事情。

"那个人总是很贪心，给了她一个，就想要第二个，给了第二个，就要你再给她第三个，给她十个。她总是希望我在她身边，她的眼里只有我。同样地，她也希望我这么对她，只要我稍微不去关注她，她就会受不了。这不是爱，只是一种偏执，让人喘不过气来。她越是执着于我，我就越想逃走。我以为离婚之后就能摆脱她，没想到她变得更过分了。"

夫妻之间渐行渐远，为了留住不再关心自己的丈夫，她选择了利用孩子。荷英的母亲注意到，丈夫会无视自己的电话和短信，但只要荷英有什么事情，他便会立刻联系自己。从那时开始，荷英就经常生病受伤。

"你……听说过 MBP 吗？"

善景点头，她听到荷英过去的事情后，就有了这个想法。

"一开始我没想到那儿去，但后来荷英住院受伤的事情越来越频繁，我就问了荷英。她并不知道自己身上发生了什么事情，当然了，她怎么可能想到妈妈会伤害自己。但是慢慢地，荷英也隐约察觉到了，一吃妈妈给她的食物就会生病，和妈妈在一起的时候总会受伤。"

MBP 是一种代理型孟乔森综合征，指通过虐待孩子或动物来获得他人关心的病症。荷英的母亲为了获得丈夫的关心，选择故意让荷英陷入危险。

善景在上心理学课程的时候，对这种症状很感兴趣，特意去收集过相关资料。

孟乔森综合征是故意假装生病以引起周围人关注的一种精神疾病。患者不断地说谎装病，获取周围人的同情和关心，只要发现这些关心减少了，他们便又会装出其他的疾病。

代理型孟乔森综合征是一种更严重的疾病。患者不会自己装病，而是加害于自己选择的对象，然后在一旁照顾，享受作为"监护人"受到的关心和关注。

"荷英妈妈去世的那天也是？"

"应该是吧。我跟她说，就算孩子受伤，我也不会过去。我是真的受不了了。知道用荷英当借口也不管用之后，她应该很绝望。"

丈夫前妻自杀的那天，荷英的腿摔断了。这就解释了荷英为什么会在梦到母亲的时候感到害怕。

荷英记忆中的母亲是什么样的？如果梦中的母亲仍旧让她感到害怕，那么过去的记忆或许还在折磨着她。MBP 的受害者会因为自己依赖、深爱的人而受到伤害，荷英也一定很混乱，不知道哪一个才是真正的母亲。

"孩子母亲死后，我去见过几次荷英。"

丈夫说荷英的外公外婆不想让自己去见孩子。他们劝他说，与其把孩子交给已经和其他女人结婚的女婿，还不如由他们自己来抚养。对于已经有了新家庭的丈夫来说，这样的劝说很合理。

那荷英的想法呢？因为母亲的去世已经受到一次打击的孩子，很可能因为大人们的决定受到第二次伤害。有一段时间，荷英说不想见爸爸，也许是觉得自己被爸爸抛弃了。

善景想说丈夫的决定太自私，但没能说出口，她知道丈夫做出这样的决定也是考虑到了自己。如果孩子的外公外婆没有发生那样的不幸，善景恐怕一直不会知道荷英的存在。

见过丈夫后回家的路上，善景一边开车一边想着荷英和她的母亲。

荷英十岁失去了母亲，这个年纪的孩子能理解吗？母亲虐待她，伤害她，为了得到别人的关心而牺牲了她。但即便如此，母亲毕竟是母亲，孩子仍会想念她，会因为小熊上母亲的气味消失而生气发狂。

一想到小熊，善景就叹了口气。她意识到自己在孩子事情上的独断，竟从未想过问问荷英的想法。不管是清洗小熊的时候，还是装饰荷英房间的时候，给荷英买衣服的时候，她都按照自己的意愿来判断。不知道孩子喜欢什么颜色就买了窗帘、被子，买衣服的时候虽然问过几次荷英，但总是不等她回答就在心里做出了决定。回想起过去几天，她一直在按照自己的想法安排着孩子的生活。

她意识到，是自己将孩子逼到了这个地步。

她突然想起熙珠的话，自己观察孩子的时候，孩子也在琢磨自己。她简直不敢去想象自己在孩子眼中的样子。单纯、冷漠、急躁，不为对方着想。她不得不承认，自己还没有做好抚养孩子的准备。

善景不断地自责，心中十分沉重，孩子本就满身疮痍，可自己又给她带去了新的伤痕。她觉得很对不起孩子，心中有些刺痛。

不能这样下去了，善景决定先请熙珠帮忙，寻找一些能够亲近孩子的方法。她想让荷英忘记母亲留下的伤痕，她知道这不是一两天就能解决的问题，必须一点一点地，在日常生活中慢慢积累起感情。

等善景从沉思中回过神来，她看到了通往荷英学校的路牌。突然出现在视野中的路牌仿佛某种暗示一般。

善景有些冲动地变换了方向，朝学校驶去。

18

已经快到放学时间了，善景决定在学校门前等一会儿。

下课铃响过后，从教学楼和运动场上传来叽叽喳喳的吵闹声，陆续有孩子从校门走出来。坐在车里的善景怕错过荷英，干脆下了车。

她看着一瞬间从校门拥出来的孩子，努力留意着，没想到一眼就看到了荷英。一个看起来像是她朋友的同龄女孩子在她身边说个不停，但荷英只是默默地边走边听。

"荷英。"

善景挥着手喊她的名字，荷英抬头四处看了看，发现了善景。她有些惊讶地睁大了眼睛，善景急忙跑到她身边。

"这位小朋友是谁啊？是荷英的朋友？"

"我是荷英的同桌，我叫崔佳恩。"

"嗯，你好啊，原来是荷英的同桌，荷英刚转学过来没什么朋友，要请你多照顾她了。"

"嗯，我的朋友就是荷英的朋友。那个是阿姨的车吗？哇，好帅……"

佳恩说个不停的时候，荷英并没有理会善景，善景赶快接过荷英的书包。

"饿了吧？我们去吃点儿好吃的？佳恩也一起吧？"

"啊，真的吗？"

荷英有些不高兴地看了看佳恩。

"你先走吧。"

"可是……"

“我也要直接回家，明白了吗？”

佳恩因为荷英突然不悦的语气愣在原地，她转头看了看善景。

“这可怎么办呢？看来荷英今天想直接回家。佳恩，阿姨下次再带你们去吃好吃的，今天先回家，好吗？”

“好，那阿姨再见。荷英，拜拜。”

佳恩摆摆手朝马路另一侧走去。看起来是个很合群的孩子，佳恩这样开朗的孩子总能让身边的人心情变好，善景很庆幸荷英身边有这样的朋友。

善景假装什么都没有发生过一样，拍了拍荷英的肩膀说：“那我们也走吧？”

“……”

善景朝车的方向走过去，荷英却在原地没有动。

善景一回头，荷英就紧闭着双唇走过来伸出手。

“把书包给我。”

“上车跟阿姨一起回家吧。”

“不要，我要自己走回去。”

“荷英。”

荷英一直抓着善景手里的书包，看都不看善景一眼。善景没办法只好抓住了荷英的胳膊。

“把书包还给你之前，阿姨有些话要跟你说。”

“……”

“昨天的事很对不起，是阿姨的错。动你的东西之前应该先问你的，是阿姨自以为是了。对不起，阿姨没想到那个小熊对你来说那么重要。”

“……”

“还有，阿姨生气打了你的事情，也对不起，以后绝对不会再有这样的事了。”

荷英还是站着不去看善景，但善景能感觉到她听进了自己的话。善景蹲下来，看着荷英。

“阿姨什么都不懂才会做错，阿姨身边只有大人，还没学会怎么跟荷英这个年纪的女孩子成为朋友。”

“……”

“阿姨希望以后能跟你好好相处……你能教教阿姨应该怎么做吗？”

荷英愣愣地看着善景，犹豫了一下，很快就微微点了点头。

“嗯，谢谢荷英。”

“那个……”

荷英一开口，善景就紧张起来。

“我渴了，想喝水。”

善景松了口气，安下心来。这还是荷英第一次向自己要求什么，她向周围看了看，附近有一家便利店。

“你在这里等一下，我马上就回来。”

善景让荷英坐在车上等，她从便利店回来之后却不见了孩子的身影。她心里一惊，四处寻了一圈，发现荷英正趴在店铺橱窗外出神地望着里面。

善景走到荷英身边，把水递给她，一起看向橱窗。

荷英正出神地看着店铺里的小狗。

学校门口的宠物店总是能吸引到孩子们的注意。除了荷英，还有好几个孩子向橱窗里的小狗挥着手。

“阿姨，你喜欢小狗吗？”看得入迷的荷英突然问善景。

“怎么了？你想养？”

荷英立刻转过头看向善景，不用多说也能看到孩子眼中的渴望。善景没想过这些，但如果能帮荷英适应新环境，尽快稳定住情绪，养条小狗也是个不错的选择。

善景向荷英伸出手，孩子立刻抓住了她。又小又软的手在善景的手掌中，让她感受到孩子的体温。善景莫名有些感慨，自己用了一周的时间才握住这只手。

她带着孩子走进店铺。

西施犬、比格犬、马尔济斯犬，各种品种的小狗在玻璃柜里等着主人。荷英已经看了很久，早已选定了自己心仪的小狗，她没怎么犹豫就将它抱了起来，是一条有着褐色眼睛和耳朵的白色西施犬。

“你喜欢这条小狗？”

荷英点头，摸了摸怀里小狗的脑袋。有了新主人的小狗也舔了舔荷英的手，钻到她怀里。

善景将小狗和需要的用品全部买了下来。小狗的窝、狗粮、洗浴用品、玩具等等，需要购买的东西多到没有办法一次全部拿走。

荷英抱着小狗走出店铺，趴在橱窗外的孩子们一窝蜂地拥了过来。荷英冲着想要伸手抚摸小狗的孩子们大喊道:“不行，别碰它！”

荷英不理会满脸羡慕的孩子，朝善景的车子跑过去。善景将新买的东西都放进后备厢，等她坐上驾驶座看向后座的时候，荷英正给怀里的小狗喂着刚买的零食。

“别给它吃太多，刚刚老板说一天只能喂几颗。”

荷英全部的注意力都在小狗身上，连善景的话都没听进去。善景看了一会儿荷英的脸，发动了车子。孩子的表情已经开朗了许多，光是这一点就让她心里轻松了不少。

回到家，两人为安置狗窝的问题小小地争执了一番。

荷英想将小狗的窝放在自己床边，但善景说小狗还太小，上不了楼梯，要把窝放在客厅。听了善景的话，荷英立刻把小狗抱起来，央求说自己可以抱着它上楼。荷英连吃晚饭的时候都抱着小狗，善景说了她两句，但她还是没有放手。多亏了小狗，两人之间的气氛缓和了很多。荷英没有再提起过小熊，吃过晚饭后也一直留在客厅里和小狗玩耍。

善景难得能够悠闲从容地等着丈夫回家，她想赶快让丈夫看看早上那种冰冷的气氛有了多大的变化。按照这种方式一点点磨合下去，她们就能慢慢熟悉，相处起来会越来越轻松。想到这里，善景放心了不少。

已经过了下班时间，丈夫还是没有回来，善景拨通了他的电话。

丈夫说自己还在开会。他一个月之后要在华盛顿的学会上宣读论文，因此下班之后还在和研究室的同事们开会做准备。

丈夫到家的时候已经快十点了，脸上的疲惫非常明显。他将西服外套脱下来递给善景，然后走向浴室，却突然打起了喷嚏。

这时荷英抱着小狗从二楼跑下来。

“爸爸，你看这个，我有小狗了，它的名字……”

荷英将小狗递到丈夫面前，但丈夫不但没有伸手去抱，反而惊恐地向后退了几步，然后又连着打了好几个喷嚏。

“把那个拿开。”

“你对狗毛过敏？”

“突然养什么狗？你怎么不提前跟我商量？”

丈夫的怒气有些过了。心急想跟爸爸炫耀小狗的荷英失望地抱着小狗后退了几步。

“马上退回去。”

丈夫一脸厌烦的表情，走进浴室关了门。

善景完全没有想到丈夫会对狗毛过敏，她有些无措地看了看荷英。荷英脸上充满了失望和难过。善景看到孩子的表情后，对发火之后就甩手走开的丈夫十分不满。

默默站在原地的荷英仿佛下一秒就会哭出来，眼里溢满了泪水。孩子忍着不让眼泪掉下来，紧紧抱着怀里的小狗。善景赶忙走过去，抱住荷英摸了摸她的头。

“别担心，阿姨会帮你说服爸爸的。”

“真的吗？”

孩子抬头看着善景，一眨眼便有眼泪从大大的眼睛里成串地流下来。善景赶快帮她把脸颊上的泪水擦掉。

“当然了，交给阿姨吧。”

“如果爸爸说不行呢？”

丈夫只有晚上和早上在家，除去睡觉的时间，和家人在一起的时间不过两三个小时，只要在这段时间里把小狗关在荷英的房间里，即使对狗毛过敏也不会有太大的问题。不过到底能不能说服丈夫，善景也没办法立刻给荷英一个确切的答案。

等待善景回答的荷英抓住她的手臂，善景低头，看见小狗和荷英同时看着自己。

“先等一等，阿姨会试着努力说服爸爸的。”

荷英的表情立刻明朗了，她眨着两只大眼睛，点了点头。

荷英抱着小狗回到自己房间，善景帮丈夫准备好换洗的衣服，坐在沙发上看着浴室的门等他出来。

过了一会儿，丈夫似乎洗完了澡，水流的声音停了下来。善景敲了敲浴室门。

她把衣服递给打开浴室门的丈夫。丈夫似乎已经将刚才的事情忘到了脑后，接过衣服就走进了卧室，善景也跟着进去。

“要喝啤酒吗？”

“不用，我太累了，先睡了。”

“荷英那条小狗……”

“你……”善景刚想说小狗的事，丈夫就打断了她，“你好像跟荷英亲近了不少，怎么回事？”

“多亏了那条被你讨厌的小狗。”

“我真的很不喜欢狗。“

“你没看见荷英抱着小狗有多开心？”

丈夫有些愣神地看着善景。

“所以就要养在家里？”

“都已经抱回来了。这还是荷英第一次主动说想要什么，结果被你那么一吼，你知道她有多失望吗？荷英一晚上都在等你回来……”

丈夫这才觉得自己有些过分，挠了挠头，但还是不打算在养狗这件事上让步。

“我对狗毛过敏很严重，会一直打喷嚏，浑身痒……”

“你在家的时候把小狗关在二楼不就行了。”

“到时候家里肯定到处都是狗毛……你怎么会给孩子买那种东西……”

善景看着念叨个不停的丈夫，隐隐有些发火，她不满地盯着丈夫。

“怎么了？”

“你吃药吧，你不是医生吗？肯定有治疗狗毛过敏的药吧？”

生气的善景让丈夫很惊讶，他睁大了眼睛有些蒙。

“亲爱的？”

“为了荷英你就不能做出一点牺牲吗？你怎么能这么自私呢？一定要摆出这么不耐烦的样子让别人心里不舒服吗？”

那可是你的孩子！这句话善景强忍着没有说出口。还不都因为她是你的孩子，以后恐怕会有很多瞬间，这句话突然就会从心底冒出来。

这段时间，善景看着丈夫对孩子越来越不上心，心里积攒了不少火气。就算工作再忙，考虑到荷英现在这种不安的状态，作为父亲都不应该如此漠不关心。白天两人刚谈过，晚上却还是这么晚才回来，而且一见到孩子就吼，一点儿也不知道让步。

善景把已经涌到嗓子眼的那句那可是你的孩子咽了回去。就因为是你的孩子，这句话以后也绝对不能说出口，是这个家的禁语。既然已经决定要接受荷英，既然已经决定要和这个男人一起生活，荷英就不是你的孩子，而是我们的孩子。

见到善景一脸严肃地发了火，一直嘟囔个不停的丈夫明显有些慌张，最终他有些忌惮地挠着头看善景的脸色。

“知道了，你干吗发这么大火？”

“行了，睡吧。”

看善景情绪这么冷淡，丈夫凑过来想哄她，不过善景没有理会直接走出了卧室。

本想去书房的善景转身上了二楼，荷英房间的门缝里透出微弱的灯光。

“荷英。”

善景打开门，荷英已经睡着了。小狗在荷英的臂弯里，不停往她怀里钻。善景将小狗放回它自己的窝，又在旁边放了一个玩具。她看着睡梦中孩子的脸，寻找着和丈夫相似的部分，但孩子脸上似乎并没有什么长得像丈夫的地方。回想起第一天荷英从睡梦中惊叫着醒过来的情形，那些冲击如今应该消散得差不多了。随着时间的流逝，伤口也会慢慢愈合吧。

善景轻轻摸了摸荷英的头，回想起自己母亲去世的时候。

那时的自己比荷英年长不少，但她还是难过了很长一段时间。她知道失去母亲的空虚感会让孩子心中生出多么大、多么深的窟窿，那窟窿无法被任何东西填满。每当她感觉到自己脚下看不到尽头的黑洞正张开血盆大口的时候，善景就想将自己的身体扔进那个窟窿里。

多亏了父亲，善景才能从那个窟窿中走出来，回到阳光之下。一想到荷英的心里也有着那样一个幽深黑暗的窟窿，善景就非常心疼怜惜。她决心像父亲拉住自己的手那样，去拉住孩子的手。

善景重新帮荷英掖好被子，关上灯，下楼去了书房。

19

善景打开大门，只见两个陌生的男人正站在家门外。

站在前面的男人头发很短，穿着黑色的西装，体格精壮。天气炎热，他额头上密密地渗着汗珠。他身后穿着格子衬衫的男人也满头大汗，连头发都被汗水浸湿了，拿着手帕不停地扇出一些微弱的气流。

“请问这里是尹在成先生的家吗？”

“是，你们是……”

“关于朴容锡先生家的火灾，我们有几个问题。”

朴容锡？善景愣了一瞬，等听到火灾之后，才想起荷英的事，他们应该是来调查荷英外公外婆家火灾的事情的。

“不过我丈夫现在不在家。”

“啊，我们要见的是他女儿，尹荷英。”

善景犹豫了一下才说：“啊……那请两位先进来。”

荷英马上就放学了，天气这么热，总不能让满头大汗的人站在外面等。

“二位要喝点儿什么吗？”将人迎进玄关后，善景问道。

穿着格子衬衫的男人立刻请她给自己一杯水。

善景让两人在沙发上稍等，自己到厨房接了两杯冰水出来。两个男人接到水后立刻一口气喝了下去，穿格子衬衫、满头大汗的男人又将自己水瓶中的水倒进杯子里喝了起来。他用攥在手里的手帕擦着后颈上的汗水，辩解一般地低声道：“太阳太毒了，就从巷子里走过来的这一段，我的脑袋都快被烤熟了。”

善景笑着点点头，赶忙起身打开客厅的空调，然后把电扇也拿到近处打开。

“啊，谢谢，麻烦您了。这下终于活过来了，我这人特别怕热。”

和他不同，旁边那位短发的男人没流什么汗，看起来不那么怕热。他有些不满地看了看在电扇前毫无形象扯着领子往衣服里灌风的同事，从衣兜里拿出名片递给善景。

首尔地方警察厅

科学搜查系火灾鉴定班

柳东植警司

一旁穿着格子衬衫的男人见状也赶忙拿出名片，和柳东植警司不同，他是消防总部的火灾调查员。

火灾调查员

李相旭

善景曾经听说过警察厅科学搜查系下特别设置了火灾鉴定班，但还是第一次接触相关人员。她也是第一次知道，他们会和消防总部的调查员一起行动。

“二位隶属的单位不一样啊。”善景有些好奇地说。

两个人有些意外，对视后笑了出来。看他们的样子，应该一起工作了很长时间，十分有默契。

“您很敏锐啊，一般人只会觉得我们都是调查火灾的。”这次是李相旭调查员开了口，他看上去是个很健谈的人，“原本火灾鉴定是由消防总部负责的，不过灭火的过程中总会出现一些情况需要警方介入，所以两个机构就有了合作关系。”

“原来是这样啊。”

善景将两张名片放在面前，看了片刻。

据她所知，火灾调查员一般会在灭火的同时就开始现场勘查，目击者的证言也会在现场记录，过了这么多天才找来的理由是什么？

室内的空气已经凉了不少，善景下意识抱住肩膀，柳警司见状拿起遥控器关上了空调。

见善景看过来，他放下遥控器，解释说有电扇就足够了。

善景意识到这个人非常细心，观察力也很敏锐。察觉到他一直将注意力放在自己身上，善景不免有些在意。

为了打破尴尬的沉默，善景先开了口：“我听说，火灾勘查都是在现场完成的，二位特意过来是有什么特别的理由吗？”

这次是柳警司开了口，他们的分工似乎很明确。“那天的情况太混乱，再加上孩子受了不小的惊吓。她是当天唯一的目击者，但我们没来得及询问当时的状况。现场的情况我们已经掌握得差不多了，有几点想直接问问孩子。”

“啊……”善景点头，看了一眼表。这个点，该回来了。

她莫名有些焦躁，要是荷英回来得太晚怎么办？和两个陌生男人坐在客厅里，多少还是有些不自在，而且柳警司的视线一直徘徊在她的脸上。

也许是察觉到了善景的不自在，李调查员笑着对她说：“您不用在意我们，去做您的事情吧，我们坐在这里等就好。”

但善景的性格让她不得不在意，视线总是不时就飘到窗外。

“不好意思……”

听到柳警司的声音，善景抬起头，见对方正直直地看着自己，她有些不解。

“嗯？”

“请问您的工作是不是跟警方有些关联？”

“也可以这么说吧，我的专业是犯罪心理。”

柳警司听了善景的回答后，用手指敲了敲额头，似乎在努力思考着什么。相旭来回看了看柳警司和善景，表情有些发蒙。

“怎么？你们认识？”

“去年冬天您是不是参加过国科搜的研讨会？”

“对，我参加了一月的研讨会。”

这是五个多月前的事情，善景去参加了国立科学搜查研究所主办的科学搜查与犯罪心理学术研讨会，柳警司大概就是在那里见到了善景。

“果然，我就觉得在哪儿见过您。”

善景这才理解柳警司那让她很不自在的视线。柳警司因为记忆模糊，对善景观察了好一阵子，这才像是终于解开了一道难题一样，露出轻松的表情移开视线。竟然有过一面之缘，这让善景稍微安了心，尴尬的气氛轻松了不少。

“您眼力太厉害了，那么久了还记得……”

“只要是美女，柳警司都记得。”

相旭开起了玩笑，柳警司抬手朝他侧腰戳了两下。

“真抱歉，这位朋友太没礼貌了。其实……我一直记得那天您说过的话。”

“嗯？什么……？”

善景不记得那天自己在人前讲过什么，她既没有上台发言，也没有站起来向发言人提问，她心里很讶异，怎么会有人记得自己说过的话。

“好像是，伤害会让人变成怪物？”

记忆中不存在的话让善景有些疑惑，自己跟他说过话吗？

柳警司立刻摆着手继续说：“您不是对我说的，当时我坐在您的前排，研讨会中间休息的时候，我听到了您跟旁边人的对话，是关于柳永哲的……”

“啊……！”善景脑中关于那天的模糊记忆这才清晰起来。

那天她是受前辈邀请，在会场上遇到了熟人，前辈就介绍他们认识了。对方是一位为警务专业期刊写稿子的自由撰稿人，靠写字为生的人口才也很好，第一次见面两人就聊了不少。

听说善景在美国学的是犯罪心理，那人便问起了犯罪侧写，聊起自己关于柳永哲幼年时期的取材。他最后的结论是，幼时父母对柳永哲的伤害变成了一种巨大的创伤。

他还对联邦调查局犯罪心理分析师罗伯特·雷斯勒的话表示了赞同，不管什么样的杀人犯，都不可能在正常生活了三十年之后突然性情大变成为罪犯，那些杀人的征兆从他们幼年时期开始就一直存在并慢慢进化。

善景在对话中聊起了创伤，并提到伤害会让人变成怪物。

“您是我最害怕的那类人。”

“什么？”

“我的朋友中也有这样的人，他连十年前见面时穿了什么衣服、吃了什么食物、说了什么话，甚至咖啡店里放了什么音乐都记得。说实话，挺可怕的。”

“哈哈哈，这不就是柳警司吗？连半点儿用也没有的小事都记得一清二楚。”

听了善景和相旭的玩笑话，柳警司也笑了起来，说自己从小就这样。

这时，外面传来大门打开的声音，善景转头，透过客厅的窗户看到荷英从院子里走进来。

“她回来了。”

听到善景的话，柳警司和相旭也抬头看向荷英进来的地方。

荷英打开房门，见到柳警司和相旭后，愣在了原地。

“荷英，你还记得这两位叔叔吗？他们是调查火灾的警察，想问你几个问题。”

犹豫不决的孩子这才来回看了看二人。善景叫她过来，荷英沉着脸走近，小心翼翼地在沙发上坐下。

荷英脸上的神色明显十分紧张，善景抱了抱她的肩膀安慰道：“没关系，不用害怕，把你记得的事情说出来就好。”

荷英并没有因为善景的话放松警惕。

柳警司直直地看着荷英，直到相旭碰了碰他，他才移开视线开始提问：“你记得叔叔吗？”

荷英点了点头。

“那天吓坏了吧？现在好些了吗？”

“嗯。”

“你能仔细说说失火那天晚上的事情吗？”

荷英没有立刻开口，她犹豫了一会儿摇了摇头。“我记不清了。”

柳警司看向荷英的眼睛，在脑子里回想着那间住宅的构造，换了一个问题：“你的房间在哪？”

“在厨房旁边。从房间的窗户出去，就有楼梯可以上到屋顶。啊，着火的时候我上了屋顶，然后消防员叔叔把我救下来了。”荷英一边回答一边想起了一些事情。

“你从窗户出来的时候有没有看到可疑的人？”

荷英摇头。

“因为烟很大，什么都没有看见。”

“你一个人在房间里睡觉？”

“是。”

“你怎么知道着火了？”

“因为嗓子疼就醒了。烟，有烟涌进屋子里，所以我从窗户出去了。”

“还记得别的事吗？”

柳警司在本子上记下荷英的话，等着她继续说。但是荷英似乎没有其他要说的话了，她闭着嘴看向柳警司和相旭。

看到荷英的反应后，柳警司确定从荷英这里问不出其他信息，便合上了本子收回口袋，掏出了名片。

“这是叔叔的名片，如果想起什么别的事情，给叔叔打电话好吗？”

荷英点点头。

柳警司起身对善景点了点头。

在玄关穿鞋时，柳警司仿佛突然想起了什么，一脸受到了很大打击的样子，低头看着自己的脚。愣了好一会儿之后，他突然转头看向坐在沙发上的荷英。

荷英对上柳警司的视线后立刻站起来跑上了二楼。

善景到玄关跟两人道别，柳警司向她要了手机号码，确认了名字后将号码存到手机里。

“我会另外联系您。”

“好，那二位慢走。”

“啊，请问，荷英睡觉的时候也会穿着袜子吗？”

“什么？”已经转身准备回房间的善景听到柳警司的问题，露出茫然的表情，她不知道对方为什么会问出这样的问题，“我也不太清楚。”

大门关上之后，柳警司在门前站了很久。

旁边的相旭用手遮着阳光催促他：“不走吗？我要被烤熟了。”

没一会儿，相旭就已经开始冒汗，他马上拿出手帕扇了起来。但柳警司还是一动不动，皱着眉头思考着什么。

“那个孩子，你不觉得有点儿奇怪吗？”

“嗯？哪里奇怪？”

“看到有烟涌进房间，知道着火了，这种时候孩子会做什么？”

“一般会往相反的方向跑，藏起来……”

在火灾现场发现孩子尸体的时候最让人心痛。着火时，孩子们本能地会去找能够藏身的地方，仿佛害怕火苗会找到自己，像在捉迷藏一般，藏到衣柜里，所以有很多孩子在火势蔓延过去之前就会因为烟气窒息而死。

柳警司回想着那栋房子的结构，窗户就在门的旁边。在一片黑暗中，如果发现家里着火了，孩子首先会做出什么反应？他们不会朝火的方向跑，而是会朝门的对面，也就是房间里侧跑。

“这么一看……”相旭这才醒悟了一般，惊讶地睁大了眼睛看着柳警司，“那天，火灾那天……！所以你才会那么问。”

柳警司看着相旭点了点头，从那天开始一直让他非常在意的部分，到今天才得到了确认。

孩子说自己因为火灾醒过来，然后从窗户逃了出来，但是那天在火灾现场，她穿着袜子和鞋。这就是说她已经知道会着火，或者着火之前就已经在外面了。

不管是哪种情况，她都在说谎。

为什么要说谎呢？

柳警司思考着孩子隐瞒了什么，让他在意的还有另一件事。

——请打电话给我爸爸。

孩子拿出父亲的名片让他们打电话给他。家里着了火，在那种混乱的情况下，将父亲的名片放进口袋，穿好鞋袜，抱着小熊玩偶逃出来，会有这么冷静的孩子吗？

柳警司回忆着那天凌晨，脑中浮现出一个让人心惊的假设。他摇了摇头，想否定自己的想法，但已经生出的念头就像藤蔓一般开始不断延伸。

他知道现在不能急着下定论，虽然解剖的初步结果已经出来了，但死亡原因还需要进一步确认。国科搜的解剖病理室会在分析结束后将解剖报告发给他们，到时候情况会更加明确，再做判断也不晚。

第三章

20

和李秉道会面的早上，善景给江北警察局重案组组长打了个电话，问起李秉道母亲的事情。

组长所了解的只限于李秉道的证词。善景将她从李秉道那里听到的事情告诉他，提到他母亲被儿子杀害的可能性。组长静静地听完善景的话，问她有没有其他案件的线索。比起已经过了诉讼时效的案件，重案组更关心在李秉道家里发现的其他失踪者的证物。

善景答应今天见面时会问一问其他案件。

“其实……我给您打电话是想请您帮个忙。”

善景给重案组组长打电话有另外的原因。对于李秉道执着于自己的理由，她有了一些猜测，她想确认这样的猜测是否正确。

“您在搜查他家的时候有没有发现他母亲的照片？如果有的话，能否让我看看？”

组长说他会问问其他刑警再联系她，然后便挂了电话。

过了不到十分钟，组长的电话就打了过来。他说在事件记录中发现了李秉道母亲的照片，会用手机照下来发给善景。

善景在书房里收拾好文件包，正准备出门的时候，收到了照片。她打开手机看了看，很遗憾照片中的人跟她预想的并不一样。

善景猜测李秉道只接受自己的会面，认为自己很特别，是因为她和母亲长得相似，但他母亲的长相和善景完全不同。李秉道倒是很像母亲，通过模糊的照片也能看出他母亲很漂亮。

善景将手机放进文件包，匆忙出了门。

李秉道接过善景递过来的苹果，放在桌子上。这次也不满意吗？善景仔细留意着他的表情，但似乎不是。不过几天的工夫，他的脸更苍白了。善景坐下后发现他一直怔怔地看着自己。

“看来你身边发生了一些事情。”

“你为什么会这样想？”

“和之前的感觉不一样。”

李秉道仔细盯着善景。如果不是在这样的地方，他那温和的声音简直会让人觉得这是恋人之间甜蜜的私语。

“是吗？”

善景有些好奇自己的变化，但她并没有因此继续问下去。说到发生的事情，也就只有荷英了，她并不想和李秉道说这些。善景想要将对话引回案件，李秉道却有不同的想法。

“看来……你也有了小猫。”

“什么？”

善景愣愣地看着李秉道，他的嘴角闪过一丝与之前不同的冰冷微笑，他伸出双手拿起面前的苹果。善景并不理会他，打开笔记本，摁下录音键。

“今天说说案件吧？我很好奇受害者有什么地方吸引了你。”

“李老师是好奇自己有什么地方吸引了我吧？”

他又想将善景拽进自己的节奏，他在自己和善景之间铺了一条通道，善景有些犹豫，最终还是迈出了一步，说不定这就是理解李秉道的钥匙。

“今天……你会说吗？”

“如果你想听的话……”

善景放下笔，坐直了一些。

“说不想知道是骗人的，你说吧。”

"有一只小猴子，它一出生就失去了母亲。人们在抚养这只小猴子的时候为它做了两个猴子妈妈。一个拿着牛奶瓶，身体用铁丝做成，另一个虽然没有牛奶瓶，但是有柔软温暖的绒毛。小猴子会选择哪个妈妈呢？"

善景看过这个纪录片。

小猴子只有肚子饿的时候才会去找铁丝做成的猴子妈妈，剩下的时间几乎都窝在绒毛妈妈的怀里。

"这和我好奇的事情有什么关系吗？"

他露出一抹似有似无的微笑。

为什么会提起小猴子，他到底想说什么？

善景脑中突然闪过一个念头，如果给他带来痛苦的亲生母亲是铁丝妈妈的话，善景会不会是另一个绒毛妈妈？也许他还有另一个母亲，能抚慰他内心的痛苦和孤独。

李秉道选择善景的理由，她猜对了一部分，但李秉道还有另一个母亲的事实，让她很惊讶。

"原来你还有另一个母亲，和铁丝妈妈不一样，她很温柔地接受了你……"

李秉道微微一笑,看着善景摇了摇头。"太晚了,真让人失望啊。"

"你什么都不说，却希望有人能够接受你。"

"……"

"真奇怪，你那么憎恨你的亲生母亲，上次却讲得很详细……那对于另一个母亲，你没什么要说的吗？"

善景想赌一把，却又担心他突然改变想法。她小心翼翼地往前迈了一步，李秉道却装作没听见，仿佛并不想提起另一个被他藏起来的母亲。

善景决定问一问他的第一次杀人，也就是他亲生母亲的案件。

"你还记得上次说到的事情吗？你说你杀了母亲。"

“我说了那种话？”

今天的他和之前很不一样，和坦诚展露自己的时候不同，今天他总是拐着弯说话，微妙地避开善景的提问。像是故意挑动善景的神经一般，一下一下用手指敲着桌子，说些无关的话，回答的间隔也很长。

“今天说说你的事情吧。”他似乎决定不再开口。

善景想起韩会长的话，不要被他带乱了节奏。她关上录音机，合上笔记本放进文件包。面对善景突如其来的举动，李秉道眯起眼睛盯着她。

“看来你今天没心情说，那我过两天再来。”

见善景真的起身，他只好投降说道：“好好，你先坐下，要是就这么走了，你也不会开心的。”

李秉道被削去了一些锐气，他将苹果放回桌子上，犹豫着如何开口。直到善景重新开始提问，他才像想起了什么一般，点着头回忆起来。过了好一阵，他慢慢陷入了回忆。

“你肯定不知道，杀死自己母亲是什么感觉……”

“……”

“一开始还意识不到，就好像一瞬间从天空劈下一道闪电，只是一声雷鸣的工夫，一切就发生了。虽然是我用双手做了一切，但我……我只是一个工具。对，就好像有人控制了我，所以一开始我根本意识不到，不知道自己做了什么。”

“……”

“母亲活着的时候就像地狱，但是母亲死后……那就是我自己制造出的地狱。”

他的眼角浮现出一片阴暗。因为极深的恨意杀死了母亲，但他对母亲怀有的不仅仅是恨意。即使母亲在他的全身留下了无数虐待的痕迹，他的内心深处还是能够感受到对于母爱的渴望。难道是这种渴求导致他杀了人？

他母亲离家是在他十七八岁的时候，是十七年前的事情，他重新开始杀人是在三年前。善景突然很好奇，杀死母亲后平静地度过了十五年的岁月，是什么让他重新开始杀人的？自那之后他毫不犹豫地杀了很多人。是什么让他变成了这样？

“已经过去了十五年，你为什么突然重新开始杀人？有什么特别的契机吗？”

“十五年过去了，但是对我来说，时间一点儿都没有流逝。杀死母亲的那天……我的世界一直都停在那一天。”

李秉道重新开始在记忆中摸索，讲述起自己生活的世界。

他的所感，他的所见，每当他找不到合适的表达方式时，总会停下来，很长时间陷入思考。可以感觉到他多么想要将这一切准确地传达出来。

“时间不是按照固定的速度流逝的。有时几年的时间快得就像一瞬，有时一分钟却漫长得就像一个月、一年。我一直活在最可怕的时间里，无休止地反复……下着雨的那一天，因为猫叫涌出怒气的那一天……对躺在院子里的母亲唱起歌的那个瞬间不断地在我脑海中反复出现……我仍旧很生母亲的气，仍旧对雨声很敏感……那一个小时里发生的事情被割裂开，在十五年里的每一天、每一时、每一分、每一秒……在我眼前不断反复，逼迫我重新感受，重新愤怒……你不会知道，那是一种什么样的感觉……”

他说善景不会理解，但善景听过他的话后，却想起了从很久以前开始就不断在脑海中反复的场景。

母亲的葬礼。

樱花飘落的野山，抱着母亲遗像的那个瞬间，总是像慢放的影像一般在善景的脑子中反复播放。

被四月微风吹散的樱花，一眨眼的工夫就会飘落，但在善景的记忆里，那些花瓣却很久很久地飘在空中。

下棺后，吊唁的宾客将手中的菊花扔到母亲的棺木上，那瞬间刮起的风将地上的落樱像飞雪一般吹了起来。善景“啊”的一声抬起头，她的视线跟随空中飞舞的花瓣慢慢移到了母亲的棺木上。那时漫天散开的花瓣一瓣一瓣在空中旋转后掉落，只不过一瞬，但对善景来说那一瞬就如同永远一般长久。

随风飘荡的花瓣就像停在了空中一般，它们每一瓣的模样、色泽和轨迹，善景都以几十万分之一秒为单位记得清清楚楚。就像交通事故的瞬间，一切都如同慢放的镜头从眼前闪过一般。意识将每一个瞬间无比精确地保存在脑子里。

每每回想，善景都能感受到那天冰冷又温暖的风，母亲遗像在手中的触感，父亲搭在自己肩膀上的手，仿佛回到了那一刻，无比清晰。

善景可以理解李秉道想要传达的感觉。

杀死母亲的瞬间，直到现在仍在他的脑海中，一帧一帧浮现在他眼前，历历在目。

“把这些记忆从脑子里抹去的方法……只有找到另一个人。”

“……！”

“用双手结束她生命的时候，才能抹去那些记忆。只有在这双手沾上鲜血之后，我才能睡着，那歌声才能停止。”

他脱去傲慢的面具，用十七岁少年的眼神看向桌子上的苹果。看了很长时间后，他突然眼角泛红，自言自语起来：“这样……双手沾满了血的小猴子，还能被她拥抱吗？她还会拥抱它吗？”

在一旁静静倾听的善景无言地看着他。

他的眼中涌起水汽，对于这突如其来的感情变化有些无措。他伸出手想拿起苹果，却在中途作罢，仿佛恐惧着什么一般，无法继续。

他像是努力要摆脱这种感情一样使劲摇了摇头，然后推开椅子站了起来。

李秉道离开之后，善景在椅子上坐了很长时间没有动。

他最后说的那句话一直回响在耳边，那句话不是对善景，而是对绒毛妈妈说的。到底是怎样的存在，能让残忍的杀人犯变得像小孩子一样期待拥抱？

没了生气的苹果还摆在桌子上。

李秉道回到牢房后，打开洗手池的水龙头，看着水流从排水口流走。

如同那突然涌出的泪水，突然浮现出的果树园记忆令人措手不及。杀死母亲之后，他想过重新回去，他没有一天不想到果树园。每到换季的时候，他就会去想象果树园现在正发生着怎样的事。但是他不能回去，他知道即使回去了也无法回到从前，所以他决定忘记。

有时看到秋天冰冷的天空，他会觉得嘴里仿佛有苹果的汁液散开。在那些难耐的日子里，他会去买个苹果，但咬下去却感受不出味道。很多次之后他才意识到，这是对他的惩罚，是他自己选择了走向地狱，他再也没有回去的资格了。

他关上水龙头看向镜子，他知道，自己如此心急的理由。

时间越来越近了。

台风来临之前的天空充满了危机。即使再澄澈，空气的感觉也不一样。仿佛下一秒就会迸裂的紧张感之中，缓缓起风，云朵聚涌。

李秉道好像感知到了台风的征兆，心脏开始不规则地跳动，情绪不时波动，会发怒，会焦躁地在牢房里徘徊，他几乎要被不安所淹没。

时间快到了，现在他已经知道它什么时候会来，会以怎样的方式来。他开始耳鸣，他脑中那些分段的音节开始汇聚起来。同样的音节在耳边反复，然后消失。过不了多久，那首歌就会重新动摇他的灵魂。

他必须在听到那首歌之前，在那首歌变得更清晰之前，把他的故事讲完。他想结束，他已经捆住了自己的双手，他不能继续被母亲的亡灵束缚。他已经没有了自己的生活，从一开始就没有。如果这样都无法让他逃离母亲的手掌，那还能有什么其他的方法呢？他决心要结束的时候，看到了善景，他明白了。

能让这一切结束的人，只有善景。

21

做南小学位于牧甘川和开雄山之间。

学校后侧有一条上山路，偶尔会有老师领着学生在那里进行课外活动，也经常有孩子们在那里玩耍。牧甘川从学校门前流过，孩子们上下学的时候都会从牧甘川边长长的散步路走过。

最后一节课的下课铃一响，四年级三班的孩子们就迫不及待地收拾起书包。班主任嘱咐大家回家路上要小心，却没有发现教室里不寻常的气氛，几个孩子在互相使着眼色。

孩子们互相用眼神示意，匆匆跑出了教室。

佳恩背上书包正打算跟着男孩子们一起出去，她回头看看正望向窗外还没有收拾好书包的荷英，拍了拍她的肩膀。

荷英一回过头，佳恩就紧张地瞄了瞄周围，小声说道："你也一起去吗？"

"去哪儿……？"

"现在男生们要去学校后山。"

荷英用一副不知所以的表情愣愣地看着佳恩，佳恩有些心急地用手指了指窗外。

“就是那个，咬死我们小鸟的野猫，我们要去抓它。”

荷英眼里闪过一道光。

“在哪儿？”

“后山啊，姜利和始贤说知道野猫在哪儿。”

荷英做出一副拿她没办法的样子，跟在佳恩后面出了教室。

通往后山的路在教学楼后面的仓库旁边，那里有一道用铁丝做成的长围栏，山路出口处有一扇铁丝门，人们上下山便从这里经过。

荷英和佳恩从教学楼跑出来，刚拐到大楼后面就看到了聚在铁丝门前的孩子们。他们踹着铁丝门，一个个抱怨着，怎么从一开始就遇上了麻烦。

“怎么了？怎么不走？”

佳恩一问，男生们就用手指了指铁丝门，门上牢牢地挂着一把锁。

“怎么会这样！那我们要怎么上山？”

佳恩好不容易才把荷英带来，听说上不了山，有些不高兴。

“没有别的路吗？”荷英问其他男孩子。

他们面面相觑摇了摇头。大家都因为满心期待的午后计划泡汤而感到非常遗憾，互相看着眼色，不知该怎么办。这时只要有一个人提议回家，孩子们恐怕就会一哄而散。

荷英转头看向山侧，然后又仔细地看了看长长的围栏。

“那边！”

荷英指着某处，孩子们一齐看过去。铁丝围栏另一侧的山上有一条小沟向下延伸。

“那边怎么了？”

“下雨的时候会有水从那里流下来吧？”

男孩子们爬上铁丝围栏，朝荷英指的地方看过去。乍一看只是一条曲折的沟壑，听了荷英的话以后，似乎真的是那样，还能看到暴露在土壤之外的树根和被水流冲下来的落叶。

荷英说，只要有水就会形成水沟，还用手指在空中画出了水沟的走向。男孩子们跟着她手指的移动，慢慢将视线转向远处的铁丝围栏。

“哇！”

姜利反应得最快，其他孩子还一脸茫然不解的时候，他已经扔下了书包，朝围栏那边跑过去。雨水顺着沟壑把泥沙冲走，所以铁丝围栏下形成了一个空隙。

“有没有棍子之类的东西？”姜利一喊，孩子们立刻在周围寻找起来。

始贤捡了一根树枝，和姜利一起用树枝挖起围栏下面的沙土。铁丝围栏另一侧基本都是落叶，并不困难，他们很快就挖出了一个洞。

姜利第一个钻了进去，他在这群孩子中体格最壮，只要他能过去其他孩子就肯定没问题。虽然肩膀被卡了一下，不过他稍稍扭了一下身子就轻松过去了。

见姜利顺利地通过了铁丝围栏，孩子们发出了欢呼声。

“哇，太厉害了，你怎么知道的？”佳恩一脸惊讶地问荷英。

但荷英只是静静地看着其他孩子一个个从围栏底下钻过去。

“快来啊。”

男孩子们都过去了，只剩下荷英和佳恩。佳恩拉着荷英的手跑过去。

“你先过去。”

佳恩让荷英先过去之后，姜利想起自己书包还没拿过来，大声喊道：“等一下，我的书包。”

佳恩赶忙把姜利的书包从洞里推过去，然后自己也钻了过去。

所有孩子都通过了围栏，他们从周围捡了一些小树枝，开始往山上走。只要走到山坡，就有山路，并不算费劲。

“不过我们要去哪儿啊？”哼哧哼哧跟在后面的佳恩问。

策划了这件事的姜利和始贤对视了一下，笑道：“跟着我们就行了。”

荷英并不想参与他们的对话，默默地跟在后面。

姜利和始贤带着他们越过了山顶，走到山的另一边。

开雄山在开峰洞和梧柳洞的分界线上，是一座海拔只有125米的矮山。附近的居民早晚会来这里散步，山上有一处泉眼，山顶上还建了一座亭子和几个可以徒手使用的运动器械。山下的居民在山脚旁那一片巴掌大的地里撒了些种子，种上了生菜、辣椒、菠菜，供自家夏天吃。有人生活的地方自然就会有垃圾。

最初只是一些被扔掉的辣椒茎和木杆子，后来，本应该被装在专用垃圾袋里丢弃的食物残渣也被随意扔在了这里。一到夏天，西瓜皮和烂泡菜之类的垃圾就会散发出一阵阵腐味，引来一群一群的苍蝇。

无家可归的野猫便聚集到这里，在垃圾里寻找食物。最初出现的那几只野猫后来还会跑到附近的小巷里，咬烂垃圾袋觅食，让附近居民十分头疼。

姜利和始贤认为，是野猫跑到学校里的生态园地，把他们的鸟窝搞得一团糟的。

猫本来就非常敏捷，更何况这还不是家猫。野猫只要稍微察觉到有人想靠近，就立刻会弓起身体准备逃跑，孩子们知道只靠自己的速度不可能抓住灵活的野猫。

“要怎么抓？”有人问姜利。

姜利嘻嘻一笑，打开书包拿出一个黑色的塑料袋，那里面是一个网兜。

“这是什么呀？”佳恩问他，“用这个要怎么抓？”

佳恩对姜利拿出的秘密武器表示怀疑，其他孩子虽然没说什么，但也都跟着点了点头。

“你们都没看过救助动物的电视节目吗？那里面的叔叔们把这个一扔，就能抓住那些小动物了。”

“那也得要好几个人把它堵到墙角之后才行，这里四面连遮挡的东西都没有。”

孩子们的反应让姜利有些不高兴，他撇着嘴，挺了挺胸问：“那你们说怎么抓？”

想过要亲手抓住野猫的就只有姜利，其他孩子根本不可能有其他什么办法，一个个面面相觑。

“始贤，你没有别的办法？”佳恩一问，始贤便歪着脑袋一脸不太确定地打开了书包。

“这个怎么样？”

始贤拿出来的是弹弓，Y 字形的树枝上绑着黄色的橡皮筋，橡皮筋中间还贴着一块皮革，方便放小石头。始贤在地上找了一圈，捡起一颗豆子大的小石头，直接示范了一下。小石头以孩子们根本无法追上的速度嗖地飞了出去。

“哇！好厉害！”

孩子群里不断传出感叹声，姜利噘着嘴有些不高兴。本来不太自信的始贤，这下得意地耸了耸肩。

“根本就看不清石头，怎么知道打没打中？”姜利噘着嘴指出了问题。

需要再证明一次，始贤立刻从附近捡了一个空罐头，放在远处，然后又走回来。孩子们眼里满是好奇。始贤仔细地瞄准罐头，拉开橡皮筋。这次还是看不清石头，但罐头“砰”的一声，漂亮地弹开了。

始贤一脸“你瞧”的表情，看向姜利，这下姜利只好认了输。

最终，抓野猫的重要任务就交给了始贤，孩子们躲在垃圾堆附近等着野猫出现。在蒸笼般的燥热中，一动不动等待野猫出现并不像想象中的那么有趣。过了十来分钟，额头上就开始渗出汗水，孩子们抱怨起来。只有苍蝇群在那里嗡嗡吵闹，根本见不到野猫的影子。他们开始怀疑野猫是否真的会出现。

佳恩擦掉额头上的汗，站了起来。

“我要回去了，真没意思。”

“再等会儿，马上就来了。”姜利仍然注视着前方，劝着佳恩。

“荷英，我们走吧。”佳恩不想一个人走，叫荷英一起。

但荷英不说话，蹲在原地看着山那边。

佳恩抓住荷英的胳膊催促她：“走吧，嗯？我请你吃冰淇淋。”

荷英抓着佳恩的胳膊让她蹲下来，低声说：“来了。”

孩子们听了这话一齐看向荷英，气氛突然紧张起来。

“哪里？”始贤低声问道。

荷英抬手指了指通往泉眼的路，山路上空荡荡的，但路边的树木之间能看到两只野猫在溜达。

“从这里能打中吗？”姜利回头问始贤。

始贤摇了摇头。

“等它们再靠近一些。”

孩子们连气都不敢喘，注视着野猫。说要回家的佳恩也一脸好奇地看着那边。

两只野猫中有一只慢慢朝孩子们这边走过来。孩子们用手势催促始贤，他赶忙拿起弹弓瞄准了野猫。但那只猫听到了声音，飞快地跑进山旁的小巷里消失了，孩子们失望地叹着气。

这时，姜利又碰了碰始贤的胳膊。

始贤看向另一只野猫，黑色的野猫小心翼翼地朝垃圾堆这边走来。这次一定要打中，孩子们紧张地来回看着野猫和始贤的弹弓。

“再近一点，再近一点。”始贤小声地念叨着。

嗖！他终于放开了拉得紧绷的橡皮筋。“咚”的一声，远处传来沉闷的击打声，受到惊吓的野猫伸着脖子。孩子们一齐“哇”地跑了出去,被弹弓吓蒙的野猫察觉到了危险,吓得跳了起来。因为冲击过大,孩子们一围上来，它就想跑去另一边，但姜利正好堵在那里。

突然改变方向让野猫的速度慢了下来，姜利抓住这个机会连忙扔出了手中的网子。野猫被套住后，姜利立刻用脚踩住了网子，野猫一下子无法动弹了。

“哇，真的抓到了！”

孩子们聚到了姜利周围，始贤和姜利伸手击了个掌，两个人的合作完美地成功了。孩子们聚到野猫的周围，透过网子看着它，一人一句说了起来。

“就是这个家伙把我们养的小鸟咬死了？”

“那还用说？狠狠教训它一次，以后就不会再跑来学校了。”

佳恩很好奇地伸出手想摸摸野猫的毛,但是身后不知道谁“哇”地叫了一声，吓得她喊了出来。

“这里人太多了，我们先上山吧。”

听了这话，孩子们便一窝蜂地往山上跑去。姜利和始贤提着网套两边，困在里面的野猫在空中胡乱蹬着腿，但再怎么挣扎也没用,最终它只好蜷缩着身子发出微弱的叫声。

山顶亭子旁边有一棵倒下的大树形成了一个小小的空间，孩子们在那里集合起来。

“接下来要怎么办？”姜利问。

“是啊，要怎么教训它呢？”

孩子们苦恼地看着在网子里抖个不停的野猫。抓到野猫之前还说要狠狠教训它一顿，可真抓到了之后，却又想不出该用什么方法教训。

“打它一顿？”佳恩说。

孩子们一脸不可思议地一齐看向她，佳恩就缩到一旁不再开口了。

“你们，把那只猫从网子里拿出来。”一直安静跟在后面的荷英对姜利和始贤说。

“你有什么好办法？”姜利问。

荷英嘻嘻一笑点了点头。

“是啊，所以你们快把它弄出来，一人抓一条腿。”

荷英放下书包，从里面掏出笔袋。孩子们有些兴奋地把野猫掏出来，伸手想要抓住它的腿，但野猫也不安分，它胡乱地挠着孩子们的手，拼命挣扎。

这时，荷英抓住野猫的后颈把它提了起来。野猫无法反抗，只能耷拉着腿任他们处置。孩子们一脸神奇地看着野猫和荷英。

“抓猫狗的时候，只要这样抓住后颈，它们就不能动了。”

听了荷英的话，孩子们都惊讶又赞叹地看向她。

始贤按照荷英的指示，抓住了野猫的后颈，姜利和其他孩子抓住了它的腿。

猫的肚子完全露了出来，对猫来说，这是它们最大的弱点。

荷英手里拿着一把刻刀，她看着野猫的肚子，慢慢将刀片推了出来。

孩子们看到刻刀之后都睁大了眼睛。

“你现在……要做什么？”始贤的声音有些颤抖。

不用说也知道荷英要做什么，佳恩和姜利也一脸恐惧地看向她。

“你该不会，真的要……”

“不是你们要教训野猫吗？”

“可是……”

姜利刚想说什么，拿着刻刀的荷英瞬间便抬起了手，直接向野猫的肚子上挥过去。

佳恩用两只手捂住了眼睛，其他孩子也紧紧皱着眉转开头。

“啊！”

姜利跌坐到地上，紧紧捂住了手背。野猫已经从始贤和姜利的手中逃脱，不见了踪影。

“怎么了？发生了什么？”孩子们在一旁问。

姜利和始贤喘着粗气瞪着荷英，荷英眼也不眨一下地回望着他们。

“都是因为你，姜利的手都受伤了。”

“不是因为我，如果你们好好抓着野猫不就没事了？”

姜利松开了抓着野猫的手，然后被荷英的刻刀划伤了。佳恩赶忙掏出手帕，在姜利面前蹲下，握住了他的手。她想看看伤口，姜利松开捂在手背上的另一只手，立刻有血流了出来。还好只是浅浅划伤的程度，伤口看起来并不深。

“怎么办？姜利的手流血了。”

孩子们一齐看向荷英，但荷英只是一脸无所谓地收起了刻刀，说：“胆小鬼们，好好抓着不就行了？”

“姜利，很疼吗？”佳恩用手帕帮姜利把手背上的血擦掉，而荷英转身便朝山下走去，仿佛该做的都已经结束了。

没有一个孩子叫住荷英，他们似乎都在回想刚才发生的事情，一个孩子看着荷英突然打了一个寒战。他们什么话都没说，但心里想的都是同样的事情。

抓捕野猫的午后游戏就这样结束了。

22

荷英去上学之后，善景先是把家里打扫了一遍，结束后拿着一大杯咖啡去了书房。

她需要将前一天和李秉道会面的录音转换整理为文字资料。因为需要将说话人的语调、语速、词汇选择等等都一一记录下来，花费的时间超出了她的预料。

“……有一只小猴子，它一出生就失去了母亲。人们在抚养这只小猴子的时候为它做了两个猴子妈妈。一个拿着牛奶瓶，身体用铁丝做成……”善景摁下停止键。

铁丝妈妈和绒毛妈妈。

将他带到这个世上的母亲是用冰冷的铁丝做成的，肆意伤害着他的身体。虽然有着一张美丽的脸庞，却冷漠残忍。

李秉道还有另一个母亲，虽然不知道是谁，但她抚慰着受伤的李秉道，温暖地接受了他。昨天，李秉道向善景身后、向那位看不见的母亲伸出了手。不是被自己亲手杀死的母亲，他向那位不知姓名的母亲哭着哀求，让她再拥抱自己一次。善景十分好奇李秉道的绒毛妈妈是谁。

李秉道透过自己看到了母亲，善景猜对了一半。她在笔记本上写下绒毛妈妈？，计划下次会面时重点问一问。

正想重新摁下播放键的时候，手机响了，是荷英的班主任。

班主任请她抽时间来一趟学校。善景担心地询问是不是荷英受了伤，班主任说不是，她的声音有些冰冷，说不是能在电话里说清楚的事情，这让善景隐隐有些不好的预感。

她尽量把不安的情绪收起来，匆忙准备了一下便出门了。

不到一个小时，她就到了学校。

走进教务处后，她见到了荷英的班主任。班主任把善景带到了教学楼后面的生态园地，不过十几天，菜地里的蔬菜已经十分茂盛了。

荷英的班主任看着自己班级的菜地，说着一些无关的话，看来有一些事情让她难以开口。

“发生了什么事吗？”善景问道。

班主任这才有些为难地开了口：“不知道您听了后会怎么想，其实我也不愿相信荷英会做出那种事，但孩子们对当时情况的描述都是一样的，让人不得不相信……”

见班主任停了许久不作声，善景否定了自己之前的预想，和其他孩子也有关的话，大概是朋友之间的问题。

“您说出来我才能知道是什么事情。”

“荷英她……用刀伤了其他孩子。”

“什么？”

班主任的话实在出乎意料，善景什么话都说不出来。

“您看那边的笼子，从几天前开始，里面的小鸟就接二连三地消失，孩子们觉得是附近的野猫做的，所以有几个孩子想教训一下野猫，就一起抓住了一只，好像是荷英想要拿刀去捅那只野猫。”

“啊，请等一下。刚才您不是说荷英用刀伤了其他孩子吗？”

“对，后来野猫跑了，荷英的刀就伤到了另一个孩子。”

“老师，情况我了解了，但您是不是说得太夸张了？而且荷英也不会随身带着刀放在书包里……”

“啊，好像是削铅笔用的文具刻刀。”

善景瞬间涌起了一些怒意，班主任说明情况的时候太过夸大了。

“所以您说荷英拿刀伤了其他孩子，实际上是荷英想用削铅笔的刻刀教训野猫，结果划偏伤到了其他孩子？”

“啊？啊，是我说错了，直接按照孩子们的说法……”

“您已经了解了前因后果，为什么还要说得这么夸张？荷英是想教训一下野猫，不是想伤害其他孩子，对吗？这两件事明显很不一样，不是吗？”

“这……”班主任有些难堪地继续说，“如果只是这件事的话，我也不会这样把您叫出来。今天班里的气氛有些奇怪，我就问了问孩子们……他们说荷英不是第一次做出有暴力倾向的举动。如果有其他孩子把手放在她的课桌上，她会用铅笔朝他们的手背上扎……”

班主任摇着头说，荷英还在楼梯上推过同班同学，还好当时有其他孩子抓住了他的手，人家才没有摔下楼梯，不然很可能会受伤。

这段时间里竟发生了这么多事，这让善景大受打击，但更让她生气的是自己什么都没有发觉。她自认为给了荷英足够的关心，每天从学校回来，会问她在学校发生了什么事情，有没有交到新朋友。每当这时，荷英不会多说什么，所以她只是猜测，交新朋友对荷英来说还有些困难。善景对自己没能给予孩子足够的关心十分失望。这时，她突然想到荷英那位很合群的同桌。

“荷英和她的同桌看起来关系不错啊？”

“佳恩她……是个非常随和的孩子。因为是同桌，她觉得自己应该跟转学来的荷英好好相处。但昨天那件事之后，佳恩的母亲打来了电话，要求给佳恩换座位……”

“……”

“看来荷英在家里什么也没有说，按照我的观察，我想建议您带荷英去做个咨询……”

善景犹豫了一会儿，把荷英的情况告诉了班主任。她只简单说了一下荷英父母的离婚、母亲的去世和外公外婆家的火灾，她说孩子现在的行为是因为那些创伤，痊愈需要时间，请老师也帮帮她。

班主任很快就露出了怜惜的表情。

“原来发生过这么多事情，每次看到荷英，我都觉得她不像个孩子，也猜测过她是不是经历了什么……没想到不久前还发生了火灾，孩子现在肯定很难过。”

“我也在尽力为她创造一个安逸的家庭环境，不过想完全恢复过来恐怕还需要一些时间，希望老师您也能帮忙多照顾照顾。”

“好，我知道了。我会跟佳恩和佳恩母亲说明情况，希望她们能谅解。”

还好班主任对荷英的状况表示了理解，但在回家的路上，善景的心情却越来越沉重。

她走到附近的公园，找了一个安静的地方，拿出手机打给了熙珠。

“我就知道你会给我打电话，怎么了？”

“我刚刚去了荷英的学校。”

“孩子和朋友之间有什么问题吗？”

善景把荷英在学校的事情告诉了熙珠，熙珠沉默了许久。

“不是什么好消息啊，如果在学校和同龄人相处得不好，恢复起来会更困难……在家里呢？那件事之后没发生别的什么？”

熙珠的话让她想起荷英用剪刀刺向小熊的样子，但养了小狗之后，荷英已经开朗了不少。善景知道，如果想要得到专家的准确诊断，必须将所有事情毫无隐瞒地说出来。她从荷英母亲的事情开始，一件一件说给熙珠听，这期间熙珠什么话都没有说，几乎让人以为电话断掉了。

“熙珠？”

“我在听，可以的话，我希望你明天能立刻带孩子来一趟我们咨询中心。”

熙珠的话让善景心中咯噔一沉。

“为什么？”

“善景，这和身体上的疾病一样，明明知道生病了，为什么不接受治疗？那样的话，伤口只会越来越严重，而且荷英是从很久之前就开始生病了。”

善景哑口无言，她明白熙珠的意思，但是她害怕从走进咨询中心的那一刻开始，荷英就会被贴上某种标签。她最在意的是孩子会怎样看待这样的自己，还是要先跟丈夫商量一下。

善景告诉熙珠自己会再联系她，然后便挂了电话。

回到家等荷英放学的这段时间，善景完全无法集中精力工作。

她在摊开的笔记本前，从第一次见到荷英的那天开始细细回忆。

如果是襁褓中的婴儿反倒好一些，即使身体累一些，精神上却不会这么疲惫。和青春期的孩子住在一起，感觉就像是行走在地雷田，还抱着一个不知何时会爆炸的定时炸弹。一句不起眼的话就会让人有所顾虑，无意间瞟见孩子的表情也会让人无端担心。

在自己身边的时候要小心翼翼地行动，不在身边的时候也无时无刻不在烦恼。不管做什么事，脑子里的某处总在想着孩子的事。

和丈夫两人一起生活的时候，可没有这么多需要考虑的事情。

丈夫在家的时候她自然会分出精力照顾他，但独自在家的时候，她完全可以将所有精力集中在自己身上，忘掉其他的一切。两个人都有自己的工作，忙碌的时候，可以随时向对方倾诉，互相做出让步。太累不想做晚饭的时候，她会打电话让丈夫在外面自己解决，两人都有空的话也会一起去餐厅吃完再回家。想看书的时候看书，想睡觉的时候睡觉，丈夫也会按照自己的节奏生活，但有了孩子之后就不能这样了。

更何况荷英经历了太多的事情。

虽然已经比最初好了不少，但仍有许多难处，让她无法轻易接近荷英。可如果就那样放任不管，她又担心孩子会认为自己对她过于冷漠、毫不关心。仔细想想，她从早上睁开眼的瞬间到晚上睡着之前，无时无刻不在记挂着荷英。

善景觉得自己就像是站在圆桶上摇摇晃晃的马戏团小丑，不知道应该怎样维持住平衡，不停地移动着双脚，随着圆桶前进的方向不停调整着应对的方式。

自从养了小狗之后，家里的气氛好多了，荷英偶尔会笑，还会主动跟自己说话，所以她以为一切都在变好，安心地认为荷英已经适应了，她原本相信荷英在学校也是这样和其他孩子相处的。

荷英回来之后要怎样和她对话，善景脑子里一片茫然。她打算在荷英回来之前先准备一些点心零食。

她将书桌上的文件整理好，正要起身的时候突然想起了什么，重新打开资料。她打开一旁的录音机，快进到某一刻。

“这样……双手沾满了血的小猴子，还能被她拥抱吗？她还会拥抱它吗？”

她想起说出这句话时李秉道的表情，就像一个渴望被爱的小孩子在哀求着让人拥抱自己。李秉道的脸总是与荷英的脸重叠在一起，在母亲的虐待中长大的两个人，李秉道将自己推入了万劫不复的地狱，但荷英不同。她无论如何也要帮她治愈内心的疾病，让伤口愈合。

荷英仿佛什么事情都没有发生一样，平静地回到家。善景没有提起自己去学校见了班主任的事情，她接了杯冰水，拿出点心零食。

“有芝士蛋糕和水果，你想吃什么？”

“芝士蛋糕。”

荷英在饭桌前坐下，一边吃着蛋糕一边时不时观察一下善景的表情，什么都不问的善景反而让她不安。

“前面路口新开了家面包店，下次我们一起去看看，荷英喜欢什么？”

“巧克力慕斯蛋糕。”

“是吗？阿姨也喜欢甜食，不高兴的时候吃点儿甜的，心情马上就会变好。”

荷英越来越不自在，含糊回答着善景的问题。她匆匆将一块蛋糕吃完便站了起来。

“荷英……”

善景叫住正想上楼的荷英，荷英的表情仿佛在说，该来的终于还是来了。她僵硬地看向善景，脸色越来越难看。

善景走到荷英面前蹲下来，伸出双臂紧紧抱住了她。善景感觉到荷英在自己怀里缩了一下，她有些担心自己会被推开，但荷英只是静静地待在原地。孩子小小的肩膀抵在善景胸口，温暖的触感传了过来。这个瞬间，善景觉得，和孩子之间的距离也许全是自己臆测出来的。荷英的身体在善景怀里慢慢放松下来。

“突然来到这么陌生的环境，荷英一定很辛苦吧？不过多亏了你这么努力，以后会慢慢变好的。如果有什么困难或者心里难过的事，要跟阿姨说。”

善景嗓子有些哑，说出这些话并不容易。她松开手，看着荷英，荷英表情有些复杂，蒙蒙地站在原地。

23

和李秉道见面之前，保卫科长找到了善景，说要单独跟她说几句话，把她带到了自己的办公室。保卫科长的办公室在看守所最老的建筑里，破旧的房门需要使劲推几次才能彻底关上。老式空调吹出的冷风仿佛混着灰尘，房间里充满了潮湿灰尘的气味。善景莫名觉得这个办公室很适合保卫科长。

“您要喝点儿什么吗？”保卫科长一边朝小型冰箱那边走，一边慢吞吞地问。

他明知道会面时间快到了，却故意拖延，而善景只想赶快进入正题。

“您找我是想说什么？”

“您也太心急了，先喘口气再说。”

他从冰箱里拿出饮料放在善景面前，自己则拿出冰块放到嘴里，一边咔哧咔哧嚼了起来，一边在沙发上坐下。他好一会儿什么也不说，上下打量了一番善景，直到把还没完全融化的冰块碴子咽下去后才开口："到此为止吧。"

"什么？"

"到处打电话托人施压这种事也差不多就行了……"

看来是韩会长四处打点的动作惹恼了保卫科长，请有关部门协助的请求反而把人得罪了。

"说实话，那家伙这几天的状态非常不稳定。"

"状态不稳定？"

为什么突然说这些，是李秉道出了什么事？

"老师您只是短暂地和他见了几面，也许感觉不到，我们可是每天不间断地盯着他，只要他和平时有一丁点儿的不一样，我们立刻就能察觉到。"

保卫科长将上次会面后李秉道的变化告诉了善景。

"最近他一直睡不着，总站在洗手台前看着镜子发呆，对着墙壁自言自语，偶尔还会捂着耳朵胡乱甩头。"

善景看着保卫科长的表情，觉得他并非无端发难，他所说的这些行为的确值得担忧。善景思考了一会儿，决定采纳保卫科长的提议。

其实善景也感觉到，和李秉道的交流正逐渐变得困难，她并非感觉不到李秉道愈发不稳定的心理状态，每次见面时他的情绪波动都会越来越强烈。但比起这些更让她难以承受的是，从李秉道身上感受到的痛惜和怜悯总会被投射到荷英身上。她必须保持冷静，却总会被这种感情动摇。如果无法维持自己的客观，倒不如暂时保持距离。

她想起韩会长的嘱托，但说实话，她的确感到了力不从心。她不得不承认，自己与罪犯接触的经验还远远不够。与其在混乱的情绪干扰之下勉强继续，不如趁现在结束。

善景表示自己会采纳保卫科长的提议后，他的表情立刻轻松了不少，仿佛终于放下了重担。这段时间两人见过几面，她还是第一次见到如此和颜悦色的保卫科长。

“说实话，您总是被那个家伙牵着鼻子走，我们也很担心。总之，今天是最后一次了，希望您能顺利结束。”

自己和李秉道的会面一定让他非常操心。这样的会面不仅有可能让人误会看守所对某些人员给予了特殊优待，更重要的是，李秉道的心理状态在会面之后变得愈发不稳定，使得他们平时不得不加紧戒备。原本那件闹得沸沸扬扬的死刑犯自杀事件就让他们绷紧了神经，估计等这次会面顺利结束之后，他们才终于能够稍微缓一口气。

善景来到会见室，在李秉道来之前，将苹果放在了桌子上。如果知道这是最后一次，她也许会挑得更仔细一些。

她坐下为会面做准备时，门被打开了，李秉道进来了。善景站起来，等着他坐下。很快，她便隔着桌子看向对方，距上次见面已经过了一周。

善景看到他的脸之后非常吃惊。

第一次见面时那种自信傲慢的眼神完全不见了，现在的他就像是被什么人追赶着一般满脸不安。保卫科长的话并没有夸张，她能感觉到上次会面让李秉道产生了一些变化。

他无法直视善景，垂着视线，不停晃着脑袋，仿佛周围有一群苍蝇飞来飞去。他会突然将头歪向一侧，不时用两只手捂住耳朵，做出各种奇怪的举动。

“你怎么了？没事吧？”善景有些担心地问道，但他闭口不言。

善景耐心地看着他，开始问提前写在笔记本上的问题。为了隐藏内心的动摇，她故意用公式化的语气问：“在你家进行搜查的时候，发现了很多无法确定所有人的证物，那些物品是从哪里来的？”

“……”

“根据警方的推测，应该还有其他受害者，是这样吗？”

“……”

“李秉道先生。”

善景提高了声音，李秉道这才看向她。

“还有其他受害者吗？”

他思考了一会儿，点点头。

“你是怎么处理她们的？”

他没有回答，而是露出一丝笑意，那是享受只属于自己秘密时的表情。看来他不会轻易开口，江北警局的刑警们怕是要失望了。善景等待着他的回答，但他仿佛头疼一般，不时皱起眉，用手指摁着太阳穴。

善景只好放弃有关罪行的提问。最后一次谈话还是应该着重于他本人，她提起上次说到的话题。

“你可以再讲一讲上次说到的绒毛猴子妈妈吗？”

李秉道歪了歪头看着善景。

“除了带给你痛苦的母亲，你还有另外一个母亲，对吗？”

“那是……”对于自己罪行闭口不言的李秉道一提到母亲就立刻开了口，“那就是一场梦，很美好……所以才更加残忍的梦。”

他不安的眼神变得有些迷茫，语气也突然不同。他是徘徊在想象中吗？还是想起了过去的某一天？

善景想知道绒毛妈妈是不是存在于现实之中。

“那个人……和我很像吗？”

李秉道的视线在善景脸上停留了很久，他在回忆中摸索着缓缓开口：“好像是吧……不知道，过了太久，我不知道那是不是真实的记忆，没准那些记忆都被我重新修饰过了。”

美好的记忆随着时间的流逝会被加倍美化。就像初恋一样，李秉道记忆中的那个母亲也被时间这支画笔重新描绘了一番。

在回忆中显露出温柔一面的李秉道突然表情僵硬了起来，嗓子也嘶哑了。

“唯一的一次机会，那是唯一的机会……都被我搞砸了！”他无缘无故开始对自己发火。

“李秉道先生，唯一的机会指的是什么？”

“我……被我搞砸了，都是因为我……”他低着头，用仿佛垂死之人的声音自责道。

然后他突然抬起了头，瞪大了眼睛看着善景。

“你会再给我一次机会吗？你会再给我一次机会的，对吧？”

善景并不知道他在说什么，却被他眼睛里的迫切感牵引着点了点头。随后，李秉道已经完全扭曲的脸立刻放松下来，他安心地舒了一口气。

虽然善景并不清楚其中原委，李秉道却从她的回答中获得了巨大的安慰。

“你杀过猫吗？”善景突然向他抛出了一个令他没有想到的问题。

那只得到了母亲宠爱的猫。在李秉道的故事里，他嫉妒着那只猫。不知为何，在善景的脑海中，荷英和孩子们抓住野猫的场景同李秉道的故事重叠在一起，让她抛出了意料之外的问题。听到善景的话后，李秉道愣了一会儿，然后看着善景呵呵笑了起来。

“看来你终于发现了？女人都是猫，快抓住的时候又会逃跑……全都是那样。我慢慢接近她们，她们却会突然抓伤我跑掉。所以我给她们唱歌，还有些女人什么都不知道就跟着唱起来。”

他讲完又呵呵笑了起来。他总是无法集中于善景的话，陷入自己的世界。

李秉道的话让她想到了很多事情。杀死母亲那天的故事，还有那些关于受害人的故事，都有着某种程度的一致。他从女人身上发现了母亲的影子，便会涌起杀意。据善景所知，受害人在外貌上并没有什么共同之处。比起外貌，会不会是某些内在的东西，某些情感上的部分让他想到了母亲，从而使得那些女人成为受害者？

李秉道一直不安地摇头看着四周，根本无法坐直身体，最终他只说了句自己累了，便从椅子上站了起来。直到狱警带着他离开，善景都没有告诉他今天是最后一次会面。

即使继续会面，恐怕也问不出其他受害者和罪行的信息。善景不知道他对其他受害人缄口不言的理由，很显然，他想将那些秘密永远埋藏起来。虽然没有问出那些秘密，但这次会面让善景对他有了很多了解，这种程度也能写出一份让韩会长满意的报告了。

善景环顾了一圈会见室，满足中带着些许遗憾。

第一次进来时，这里的沉闷感几乎令人窒息，但随着谈话的进展，善景发现这个封闭的空间反而更容易让人集中。

她提着文件包起身，看到桌子上的苹果。她拿起被李秉道留下的苹果看了一会儿，小心翼翼地咬了一口。

苹果的清香在口腔中弥漫，善景把苹果放了回去。她将缺了一块的苹果留给李秉道，离开了会见室。

第四章

24

丈夫一早便动身前往华盛顿了。

前一天晚上，善景按照熙珠的提议，跟丈夫提起让荷英接受心理咨询，但丈夫一听就动了怒。

“为什么一定要做那些？荷英现在适应得很好。”

“你真的认为她适应得很好？”

“那你是觉得我们荷英有什么问题吗？”

与荷英一起生活之后，善景发现孩子就是丈夫最大的软肋。

和孩子分开的那段时间，他没能好好尽到父亲的责任，因此一直自责，这一点妨碍了他去正确看待孩子的问题，善景只好将学校发生的事情和熙珠的话告诉了丈夫。

“其实你都明白，对吧？”

“……”

“荷英的经历和一般孩子很不一样，和母亲一起生活的那段日子里，荷英经历了什么，你也是知道的。后来母亲在自己眼前自杀，再加上火灾，如果她没有受到任何影响才更奇怪。”

“我以为，时间久了她就会忘记，一切就会变好……”

“那只是你的愿望。”

“她现在不是克服得很好吗？”丈夫还是不愿让步。

“从外表上看是这样，但这反而更让人担心。如果她是病了也不知道如何表达，一个人都闷在心里呢……”

丈夫无言以对，只要说到荷英的问题，他就会紧紧皱起眉头，不愿承认孩子有问题。很显然，他觉得孩子的问题都是自己的过错。

善景尽量不让自己的话听起来像责备，委婉地同他讲："我说的心理咨询只是一种综合体检，如果有什么征兆，我们可以提前预防。你也是医生，应该很清楚，荷英一个人经历了那么多让人难以承受的痛苦，你知道那会给她带来多少创伤吗？看不见不代表没关系，如果有伤口，就要在伤口恶化之前找到治愈的方法。"

在善景的劝说下，丈夫让步了。他点了点头，同意让荷英去接受咨询，但表情仍然不太好。

善景这才安心地松了一口气。还好丈夫同意了，如果他不同意，自己就只能用更具有攻击性的方式让丈夫认识到荷英问题的严重性。

丈夫提议由自己直接去跟孩子说明，让善景等到他出差回来。善景也同意了，由丈夫来说的确能让孩子少一些反感。

丈夫离家前对荷英说了很多话，嘱咐她在自己离家的十天里要注意这注意那，还一个劲地跟孩子约定，回来之后会陪她一起去公园，放假后带她去海边。也许是因为这段时间没能给予荷英足够的关心，所以想要补偿孩子。但是和丈夫的依依不舍相反，荷英对爸爸的出差十分平静。丈夫许下了十几个承诺还嫌不够，答应会给荷英买一个比上次更大的小熊玩偶之后，这才出了门。

丈夫一离开，荷英就回到二楼做上学前的准备。

之后的十天丈夫都不在家。

善景计划在这十天里将全部精力放在荷英身上，这十天过得如何将会决定善景和荷英之间的关系。从见过荷英班主任那天之后，善景一有机会就会拥抱荷英，多了许多肢体接触后，两人的关系和连手都不愿碰的时候相比，已经亲密了许多，善景认为这都多亏了带有体温的肌肤接触。

荷英从二楼下来，急匆匆地说自己要迟到了。她跑到玄关正想穿鞋，听见善景叫自己，便立刻跑过去，伸出双手环住了善景的腰。这样短暂地拥抱了一下之后，荷英便出门了。

独自留下的善景将客厅的前后门都打开，准备开始打扫。

这时，手机响了，是一个陌生的号码。

电话一接通，就传来一个温和的低音，善景立刻就听出来那是柳警司的声音。这一通突如其来的电话让她有些欣喜，也有些意外。难道火灾案件有进展了？

但和预期不同，柳警司表示在电话里说不清楚，请她抽出时间见一面。

善景答应直接去一趟首尔警察厅，挂断电话后心里生出一丝不好的预感。

善景到达警察厅的时候已经过了午饭时间，将近两点。

从光化门地铁站出来，走过世宗文化会馆后面的小路时，炎炎烈日已经把沥青马路都烤得有些发软了。善景从大楼和树木之间窄窄的阴影下走过，在传达室确认身份拿到访问证后，便走了进去。

善景到达大厅的时候，柳警司正好从电梯里出来，他赶忙走过来打了个招呼。

"这么热还让您跑一趟，真是不好意思。"

"没关系的。"

善景跟着柳警司来到一层大厅旁边的休息室。善景坐下后，柳警司从兜里掏出硬币，站在自动贩卖机前。

"您要喝点儿什么？"

"水就可以。"

柳警司从自动贩卖机上买了一罐咖啡和一瓶矿泉水，然后在善景的对面坐下来。刚从机器里拿出来的水还是冰的，给一路被太阳晒得一身热气的善景带来了一丝凉意。

“本应该由我去拜访您的。”

“没关系，不过您是因为什么事情……？”

“解剖结果出来了。”

“什么？”

“说实话，我也不知道该怎么跟您说，不过您的工作跟警方有联系，我想您应该可以比较冷静客观地接受。”

柳警司一直铺垫却不进入正题的态度让善景非常不安，到底是什么事会让他这么难以开口？

“上次鹰岩洞的火灾，是人为纵火，而且是杀人后进行的纵火。”

善景听着柳警司的话，一时有些摸不着头脑。

“等一下，您的意思是那场火灾是杀人案件？”

“对，根据我们的推测，放火的目的是掩饰杀人现场。”

“那您说的解剖结果……是指荷英的外公外婆？”

“对。”柳警司的回答非常果断。

善景下意识地使劲摇了一下头，她只知道那场火灾是个意外，怎么也不敢相信那竟然是有人怀着恶意做出的犯罪行为。就因为这场灾难，有多少人遭受了不幸？

“犯人抓住了吗？”

“我先跟您说一下解剖结果吧。”

也许是因为还没能抓到犯人，柳警司换了个话题。善景突然觉得有些奇怪，他为什么特意把自己叫出来说明这件事？

“根据解剖结果，两名死者都死于起火之前，食道和肺部都没有发现烟迹，如果是死于火灾的话，食道和肺部一定会留有当时吸入的烟灰。”

而且如果是死于火灾的话，也不可能那么平静地躺在被子里面。柳警司回想起在火灾现场看到的老夫妇的死状。

“那死因是什么？”

柳警司从外套兜里翻出一张被对折了多次的纸，是国科搜的解剖报告。

“是剧毒物致死。”

“那……也有自杀的可能？”

“会有人把孙女留在隔壁房间，然后放火服毒吗？”

“……”

“而且，剧毒物致死时，死者一般会在死前剧烈挣扎，但两名死者被发现时，并列躺在被子里，两手在身前相握。也就是说，有人确认过他们的死亡，将尸体摆放好，然后才放火的。”

“杀人后放火的话……现场也不会有证物留下来。”

“对，很遗憾，我们没有找到任何线索……不过……”

“……？”

“我们有怀疑的人。”

“是谁？”

柳警司没有立刻开口，非常犹豫地看向善景。善景一看到他为难的表情，突然有个念头从脑子里闪过。他们曾经顶着烈日满头大汗地来家里找过荷英，善景努力回想着他们那时向荷英问了什么，却怎么也想不起来。

“难道……？”

“是住在那栋房子里的另外一个人，尹荷英。”

“您……您在说什么？荷英还是个孩子，只有十一岁！”

柳警司有些为难地搓了搓额头。

“李老师，您在研究犯罪心理时读到的材料中，最小的杀人犯几岁？”

善景被问得哑口无言。是啊，年龄并不重要。

20 世纪历史上最骇人的未成年连环杀人犯玛丽·贝尔只有十一岁，她和朋友一起将邻居家不到三岁的孩子掐死后，还用剪刀将他的尸体毁损了。不用说得这么远，不久前在邻国日本，小学生将同班同学杀害的事件引起了很大轰动。

“我们这么怀疑有几个理由。”

善景感受着心脏剧烈的跳动，仔细听着柳警司的说明。

“首先,在火灾现场看到的受害人,他们的行为大部分都很相似，一般没有人能预料到自己会遭遇火灾，慌慌张张连衣服都来不及穿好就会跑出来。但是那天凌晨，我们遇见被救出来的孩子时，感觉很不自然。一开始我没有意识到是为什么，但后来仔细一想，是因为孩子太冷静了。”

柳警司很清楚地记得那天凌晨发生的事情，孩子被急救队员抱出来的时候，怀里抱着熊玩偶，还穿着袜子和鞋。避开门口的烟雾从窗户逃出来的孩子如何能穿上摆在玄关的鞋子？除非她提前做好了准备。

“而且，孩子的衣服口袋里还装着她爸爸的名片。”

“那个……也许她那天晚上想偷偷溜出去找爸爸？”

善景无论如何都想否认柳警司提出的疑点。

柳警司也只是看到了一块拼图，不能只凭这个就做出判断，因为误证而蒙冤的人不在少数。如果荷英偏偏就在那天想要从家里溜出来去找爸爸，一切就都可以说通。

只凭这些还无法断言，不能草率做出判断。但善景也察觉到，她在心中这样呐喊的声音愈渐微弱。

“孩子被救出来之后，完全没有提到她的外公外婆。一般孩子在那种状况下，如果看不到一起生活的家人，肯定会寻找或叫人快去救他们。但是荷英对于外公外婆是否安全，是不是还留在家里，一点儿也不关心。也就是说，她已经知道当时的状况了。”

柳警司又想起了另一个场景。

跟孩子父亲取得联系之后，荷英在警车里睡着的样子。现在想来，那绝对不是受到打击和惊吓后孩子睡着的模样，似乎是对父亲会赶来这个事实非常满足的样子。

“我也不知道该说些什么，我完全没有想到。”善景已经没有办法继续坐在这里听柳警司说下去了，她的脑子里仿佛刮起了巨大的龙卷风。

“当然，这些都只是我的推测，现在还没有任何证据能够证明这些推测的真实性。如果能发现那对老夫妇喝下的剧毒药物的话……不过目前我还没有跟任何人说过这些，连一起工作的同事也没有。”

“那为什么……？”

“就算其他人都不知道，李老师也应该知道。您是这个领域的专家，而且现在还是那个孩子的监护人。”

“……”

善景什么话都说不出口。

“您可以留意一下，我想说的就是这些。”

柳警司留下善景，先离开了。

独自留在休息室的善景一动不动坐了很长时间。

应该怎么接受这些事情，应该怎么跟丈夫说，无数的念头纠缠在一起，让她无法思考。她勉强将零碎的思绪整理好，想了很久之后得出了一个结论。

还不能告诉任何人。

在任何一件事都没有得到确认的时候，不能就这样把孩子变成杀人犯。

如果只是为了来到爸爸身边，没有必要将外公外婆都杀掉，还放火烧了自己的家。只要打一个电话就能见到爸爸，又何必冒着伤到自己性命的危险，做出那样的事呢？

善景用理智得出了这样的结论，却无法完全说服自己的心。

她知道，很多杀人犯会因为一些让人无法理解的理由去杀人。

走出警察厅，善景有些害怕，她不知道回家后要如何去面对荷英。

她朝地铁站的方向走去，中途却突然转念去了鹰岩洞。她不能就这样回家，她没有什么打算，只想去看看荷英生活过的地方，也可能是想去证实柳警司的怀疑。

善景向柳警司问了地址，找到荷英以前的家。火灾废墟仿佛能让人窥到那晚的惨状，那是只通过其他人的描述无法感受到的。善景想象着大火中荷英的样子，火灾现场给她带来了极大的压迫感。

善景完全不敢朝房子里看，匆忙走了出来。

一个中年女人站在巷子口，她发现从废墟里出来的善景后，露出了警惕的神情。当善景慢慢走近的时候，她突然没好气地问道："你来找那家人？"

本想就这样离开的善景没说什么点了点头，善景复杂的表情反而让她放下了戒心。她看起来大大咧咧，似乎还有些爱管闲事，上下打量了一番善景，咂着嘴一副看不过去的表情，也许是将善景当成了听到噩耗后赶过来的亲戚。

"真是太可怜了……你和这家人是什么关系？"

善景犹豫着不知如何接话，错过了开口的时机，不过中年女人仿佛已经猜到了一切似的点点头。

"吓了一跳吧，谁不是呢？也不知道是造了什么孽，老是发生这种可怕的事……没准真像有人说的那样，是因为死去的女儿还没离开。"

"女儿？是说荷英的母亲？"

"是啊，唉，自己吃药自杀了。也不知道为什么，父母孩子都还活得好好的呢，怎么就做出那种事了？那之后，这家老太太活着跟死了一样。”

“荷英在这里过得好吗？”

“那个孩子？谁知道呢……关上了门，里面过得怎么样谁都不知道……”

中年女人像是想要说什么，却赶忙闭了嘴含含糊糊带过去。刚才还一副对这家人了如指掌的样子，语气突然就变了样，不免让人好奇其中的缘由。

“荷英发生过什么事情吗？”

“你怎么老问孩子的事情？你和那孩子是什么关系？”中年女人因为善景的追问有些不自在，反过来问道。

“现在……是我在抚养她。”善景实话实说。

女人的表情变得十分复杂，她说自己突然想起还有事情，匆匆转身便要回家。

“等一下，您能跟我说一下发生了什么吗？”

“唉，我们只是邻居关系，哪能知道什么内情啊。”

明明是中年女人多管闲事主动跟善景搭话，此刻却像刻意躲避着什么一般匆忙离开，似乎不愿意提起有关荷英的任何事情。善景感到十分错愕，胃里一阵一阵地搅动，额头上渗出大颗大颗的汗珠，手指却变得冰凉。

她头也不回地赶忙离开了巷子。

25

闷热的天气持续着。

李秉道向狱警要求再见一次善景，但回应他的只有嘲笑，叫喊着大闹了一通之后，保卫科长直接来了他的牢房。

“我要见她，我还有话要对她说。”

“可是那位老师好像已经没什么要说的，也没什么想听的了。”

“不行，我必须要见她！”

“看来你还不知道，上次会面就是最后一次，以后她不会再来见你了。”

“什么？不会的，不可能。立刻联系她，我还有话要对她说！”

见李秉道大喊大叫，保卫科长走近铁窗，在他耳边低语道：“早知道这样，你之前就应该好好配合。不过也是，反正不管你说什么，也不会有什么不一样。”

“尸体……你跟她说，我会告诉她其他尸体在哪儿。”

李秉道掏出了最后的王牌，他本想将这张王牌永远放在心里，独自珍藏。可如果能见到善景，就算丢掉这张王牌，他也不觉得可惜。当一个人迫切地期盼某一件事的时候，他眼中便看不到其他了。

保卫科长惊讶地看向铁窗里的李秉道，似乎想确认他有没有说谎，眯眼盯着他，陷入了沉思。但过了一会儿，他的回答彻底将李秉道的期望打碎了。

“看来你开始心急了。”保卫科长挑起一侧嘴角，呵呵笑了起来。

李秉道知道，自己的王牌还没有递到善景手里，就被保卫科长捏成了一团。不应该是这样的，他不是为了这样才拿出王牌。他还有必须要完成的事情，他不能让这种臭虫一般的家伙毁掉自己的计划。

“我不是说过了吗？一直那么嚣张的话，总有一天会栽个大跟头。”

“我说了我会坦白其他的罪行。”

“那是警察和检察官关心的事情，我呢，只要你们都被牢牢地关在这里，就万事大吉了。”

“叫律师来！我不会放过你们的！”

“你随意，不过，之前被你骗了那么多次，谁知道律师还会不会特意抽时间来见你。再说了，现在连法院的判决都已经下来了。”

李秉道心里涌起怒意，脸涨得通红，大叫起来：“狱警！狱警！把所长叫来，我要见所长！”

但是从走廊尽头跑过来的狱警站在保卫科长旁边，看都不看他一眼。

“你们不能这样对待我，你们知道我是谁吗？我是李秉道！我不会放过你们的！”

“你继续喊吧。”对于李秉道的动怒，保卫科长一点儿不为所动，神色自若。

突然间，其他牢房的人开始砰砰拍打起牢门，他们也不想继续听李秉道叫喊，四处传来让他安静一点的咒骂声。

李秉道抓着窗户上的铁条，全身颤抖起来，愤怒让他全身燥热。某处传来了歌声，他不能再浪费时间了。缓慢的歌声，让人发疯到无法呼吸的歌声。哐啷哐啷……

保卫科长留下眼睛充血狠狠瞪着自己的李秉道，和狱警一起打开走廊中间的铁门离开了。

独自留在牢房里的李秉道背靠着墙，瘫坐在地上，开始思考。

他不能就这样坐以待毙，无论如何也要再见一次善景。

母亲的歌声回荡在脑中，能理解这首歌的人，能让这首歌停下来的人，只有善景。李秉道只想对善景讲出自己和母亲的漫长故事。

在雨天的院子里，他第一次杀人。那天，确认过母亲的死亡之后，他在院子里挖了一夜，把母亲埋在了那里。母亲的血染红了院子，被雨水冲洗掉，消失在了下水道。

就像李秉道的出生一样，母亲的死亡没有得到任何关注。筑起围墙和世界断绝了来往的母亲，根本没有人会去寻找。

过了几天，李秉道去派出所报案，说母亲离家出走，几天都没有回来。警察给了他几张文件，走过场地问了几个问题。李秉道问他们会不会派人去找母亲时，警察向他解释，他们没有多余的警力去调查离家出走的案件，况且失踪者已经不是小孩子了，成年人在自己的意愿下选择离开，也有可能会自己回来。警察只让他回家等等看，李秉道露出低落的表情离开，回家的路上却哼起了歌。母亲绝对不会回来，不，因为她根本就没有离开，所以她也不会回来。

他有生以来第一次沉沉地睡了一觉，不用再在恐惧中发抖。

回想起来，从小时候开始，他只要听到一丝脚步声或窸窣声，就会倏地从睡梦中惊醒，因为他不知道母亲什么时候就会用枕头压住自己的脸。他在果树园也无法沉睡，只要一睡着，母亲就会出现，拽着他的胳膊想带他回家，如果挣扎反抗，就会被扔到深深的浴缸里，有好几次他都在睡梦中喘不过气惊醒过来。还不如不睡觉，于是他经常会在果树园中徘徊一整夜。

他第一次知道睡梦可以如此甜美，之后便再也没有想起过母亲。

几年后，他接到派出所让他去辨认尸体的电话，他震惊地立刻赶了过去。那是一具在蓄水池中溺死的尸体，衣着相貌和当年李秉道提交的资料相似。他摇摇头说尸体不是母亲，还发了一通火，指责警察对寻找他母亲的事情完全不上心。

回家之后，他甚至有一瞬间认真地思考了一下，母亲到底消失去了哪里。他以为自己已经完全忘记了母亲，但那只是错觉。母亲仍然在他的脑海中呼吸，来到他沉睡的梦境中，在他耳边唱起《麦克斯韦的银色锤子》。他意识到这些是在十五年后的某一天。

他在附近新建的工厂干活，每天往返于工厂和家，混在人群中过着极其平淡的日子。工作十分简单，偶尔会和同事们喝个酒，也会和女人交往。女人们一看到他，就会微笑着接近他，她们为他俊秀和善良的外表着迷，但女人们越是主动，他就逃得越远，所有女人都让他不自在。

同事们看到这样的李秉道只觉得他太内向，因为没有经验才会害羞。同事们的话也不算错，但李秉道并不想去了解女人，更准确地说，应该是害怕。

某天下班后聚餐，他被同事拉着，在一家酒馆喝完又换到下一家，等到第三家酒馆的时候他一个人偷偷溜了出来。已经过了午夜，冷清的郊外只有几处娱乐夜场还亮着灯，周围一个人影都没有。李秉道喝醉了，一边歪歪扭扭地走着，一边不由自主地哼起了歌。

砰，砰，麦克斯韦的银色锤子，砸在她的头上。

砰，砰，麦克斯韦的银色锤子，确定她已死亡。

当意识到自己正在唱那首歌的时候，他吓得一个激灵，顿在了原地。这时，一个陌生女人笑着朝他走过来。就是在那里，他重新开始杀人。

李秉道甩了甩头，如今再去回忆那么久远的事情毫无意义。

他想起善景带来的苹果。

果树园的阿姨经常从最高的树枝上摘下又大又新鲜的苹果，塞到他手里。再一次尝到苹果的味道时，已经过去了二十年。他重新站到了六月的果树园。他看到在微风中摇摆的青苹果，他看到两个姐姐和小妹妹正在笑，那是他出生之后第一次感受到安逸。

李秉道在心中想，他相信重新见到善景就能够回到那段时光。他本以为那是他这一生仅有的一次机会。可等了二十年，这个机会又来了，他不能错过。善景说过会给他机会。只要能再次见到她。

善景会让母亲的歌声停下来。

26

午后，乌云渐渐聚拢起来，天色和善景的心情一样昏暗。厚厚的云层仿佛立刻就会洒下雨点，它们互相纠缠，摩擦出一道道闪电，迎面扑来的风中有潮湿的气味。

善景和柳警司见面之后，去了荷英外公外婆家，她的心情就和此刻的天空一样阴郁凄冷。

她打开被风吹得铛铛直响的大门，看向院子中的房子。

小狗的金色弹球玩具在院子里滚来滚去，柳树的枝条在风中胡乱舞动。客厅里只开了一盏小灯，屋内寂静无声。二楼房间的灯关着，荷英还没有回来。

善景仍觉得今天从柳警司那里听到的内容不像现实。

她知道，不能完全相信他的话，他也只是在没有证据的情况下说出了自己的推测而已。但善景还是无法完全无视柳警司的话，她从荷英第一次来到这个家那天开始细细回想。

遭遇火灾之后，荷英从未提到过外公外婆。在柳警司指出这件事之前，善景完全没有想过这一点。她只顾着去担心荷英因为火灾所受到的冲击。善景以为是那段记忆太让人无法承受，孩子才会故意不去回想。

但经历了可怕的火灾后，荷英看起来太过平静了。她很快就适应了和爸爸在一起的新生活，仿佛这就是她在等待的结果。

那场火真的是荷英放的？

不单单是火灾，柳警司的推测带来的冲击比这大得多。

火灾发生之前，外公外婆已经被下毒杀害，到底是谁杀了老夫妇又放了火？善景脑子里不断浮现出更加可怖的画面。她摇了摇头，什么都没有确定，不能急着断言，如果这时丈夫在身边就好了。

丈夫十天之后才会回来，这段时间家里只有她和荷英两个人。一想到要和荷英单独相处，善景就觉得气闷难忍。

风越刮越大，雨点嗒嗒砸下来。善景穿过院子时，脚下碰到了小狗的弹球，她将球捡起来。她突然想到了小狗，更加认为不可能，那样疼爱小狗的孩子不可能做出那么可怕的事情。但越是否认，就越是会涌出更多的记忆让善景头疼不已。

她轻轻咬了咬嘴唇，捏了捏手里的弹球，又把它放下。她进了家门后便看向二楼，想确认事实的想法和害怕看到真相的心情纠缠在一起。善景犹豫了很久，最终还是朝孩子的房间走去。

一打开门，小狗就跑出来扑向善景，她抱起小狗走进荷英的房间，观察四周，却不知道自己要寻找什么。

一切都整理得井井有条，书桌上整齐摆放着几本书和笔筒，能感受到荷英有条理的性格。善景打开书桌抽屉，里面整齐地放着手账、笔记本和各种文具。

被善景抱在怀里的小狗有些憋闷，不停呜咽着。善景把小狗放下，打开了衣柜。衣服一件件平整地挂在里面，她稍微拨开衣服看了看，便重新关上了衣柜。

这时她突然想起自己扇了荷英耳光的事情，也许柳警司的话正把自己引向错误的方向，荷英的行为里或许隐藏着自己不知道的理由。

先假装不知道吧，她不想因为陌生人的推测打破现在的平静。想到这里，善景便无法继续留在荷英的房间。就在她握住门把手的瞬间，小狗又发出了呜咽声，她转头看过去。

小狗用前爪挠着抽屉柜的一侧，闷声叫着，似乎闻到了什么吸引它的气味。善景没有立刻打开抽屉，站着盯了一会儿。最终，她还是下了决心走过去。

里面是换洗用的被褥。

善景不由得舒了一口气，但小狗却比刚才更兴奋了。正想关上抽屉的善景小心翼翼地在被褥中翻了翻，在被子底下发现了一个小盒子。善景突然闪过不好的预感，仿佛闻到了一股怪异的气味。

已经开始便无法停下。善景将盒子拿出来，坐在床沿，长方形纸巾盒一般大小的盒子并不太重。小心翼翼打开盒子的瞬间，善景吓得将盒子扔在了地上。

盒子里的东西散落在地板上，善景看到掉落在地板上的东西，吓得愣在原地，不受控制地摇着头。即使亲眼看到，她仍是不敢相信，盒子里放着几只早已僵硬的小鸟，有些还被拔了毛，肚子也被割开。盒子里还有一把沾了血的刻刀，大概是用来割开鸟肚子的。

善景全身的汗毛都竖了起来。

她想起办理转学那天在生态园地伸手去抓小鸟的荷英，还有拿着刀子捅向野猫的荷英。

荷英明明知道是谁抓走了小鸟，却假装不知道，跟着孩子们上了山，她好奇孩子们想做的事情。如果那时孩子们没有吓得放手，事情会变成什么样？

光是想一想都让人毛骨悚然。

小狗鼻子凑在小鸟的尸体前，善景赶忙把它抱起来，然后用纸巾将掉落在地板上的东西重新收回盒子里。过去发生的一切在她脑中一一闪过，她双手撑住额头瘫坐在床上。

不明所以的小狗爬上善景的腿，善景将它抱起来，一边摸着它一边思考要如何处理这件事。还是先等丈夫回来再说吧。

她望着地板抿了抿嘴，将装满了小鸟尸体的盒子重新盖好。

善景坐在客厅里陷入了沉思，没有注意到外面下起了瓢泼大雨，也没有注意到全身湿透的荷英已经回来了。直到荷英出声叫她，她才回过神，看到荷英的样子后，她才意识到屋外已经下起了大雨。

“啊，下雨了啊，我都没注意到。”

“可以给我一条毛巾吗？”

“啊……？啊，你等一下。”

善景有些发蒙地看着站在玄关的荷英，直到荷英开口才从沙发上站起来，她胸中像被什么东西堵住了一样闷得慌。

她赶忙从浴室拿来一条大毛巾，帮荷英把头发和身上的雨水擦干。孩子全身都被淋透了，得把衣服都脱掉。也许是因为淋雨淋了太久，孩子的身体冰冷，小小的肩膀微微发着抖。

“怎么不在学校给阿姨打个电话？”

“没关系，我喜欢下雨天。”

“快去洗个热水澡，阿姨帮你把衣服拿过来。”

“我自己去拿。”

荷英不等善景回答就湿漉漉地上了二楼。

荷英洗澡的时候，善景烧了一壶开水，为她准备了热牛奶和巧克力慕斯蛋糕。洗完澡出来的荷英脸上红红的，看上去心情好多了，她走进餐厅，看到餐桌上的蛋糕后抱住了善景的腰。

善景一瞬间屏住了呼吸，尽力忍住想要伸手推开孩子的冲动。

荷英坐下后，讲起了自己淋雨走回家的事情。她似乎心情很好，开心地说个不停。如果是平时，善景一定会配合着她的心情回应，但此刻，她只是假装整理碗筷，避开了荷英的视线。

“阿姨你喜欢什么样的天气？”

“我……？阳光好的春天。”善景机械地回答着。

她只希望荷英快点儿吃完回自己的房间，她现在不想也没有自信能够毫不在意地坐在荷英对面和她对话，她需要时间让自己平静下来。

但荷英同平时不太一样，今天她的话很多，讲起学校的事情，提到自己和同桌还有朋友们一起打理菜地的事情。荷英讲的每一句话都刺激着善景的神经，班主任给她发过短信，告诉她野猫事件以后荷英被其他同学孤立了，自己很担心。是个人，只要稍微注意就能听出她说的都是谎话，荷英却讲得泰然自若，不知道是为了让自己看起来没有任何问题，还是为了什么其他的理由。

荷英看出善景的反应和平时不太一样，说到一半停下来看着她。

“阿姨，你怎么了？”

“哦……头有些疼。”说完，善景的太阳穴真的刺痛起来，不对，是全身都在隐隐作痛。

“很疼吗？”

“没事，吃点儿药睡一觉就没事了。”

荷英留意着善景的表情眨了眨眼。

突然，窗外划过一道闪电，周围猛地亮了一瞬，随后便传来轰隆隆的雷声。说自己喜欢下雨天的荷英全身一哆嗦，朝院子里望去。

看着打在窗户上的雨丝，荷英低声嘟囔道："跟妈妈死去的那天一样……"

“……！”

“那时候也是这样的雷雨天……”荷英的声音突然变得低沉起来，像是因为想起母亲有些沮丧。她没了食欲，放下叉子，上楼回了自己的房间。

善景也赶忙回到卧室，身体沉得几乎站不稳了。她无意中用手碰到额头，很烫，看来是发烧了。

善景从药箱里找出退烧药，吃过之后就躺下了。头一阵一阵地疼，她对二楼的情况十分在意，但外面的雨声和窗户晃动的声音淹没了一切，什么都听不见。

药劲儿让她的意识渐渐模糊，慢慢陷入了睡梦之中。

27

荷英回到自己的房间，看了看窗外便赶忙爬上了床。亮光一闪而过的同时，窗户晃动着发出了哐哐的声音。荷英钻到被子里紧紧闭上了眼睛，在柔软的被子里，恐惧就能减少一些。

其实，她刚刚不停跟阿姨说话是因为不想一个人待着。

淋雨回家的路上，心情就有些异样，仿佛有谁在身后追着自己。她想回头，却又不敢，总觉得一回头就会看到死去的母亲。突然想起母亲都是因为那个梦。

前一天晚上，爸爸去了她的房间。

爸爸说未来十天自己要出差，让她好好和阿姨相处。荷英点点头，最初她很讨厌阿姨，因为妈妈说阿姨是坏人，是抢走爸爸的人，是只为自己着想的女人，是破坏别人家庭的女人。但是慢慢地，她意识到妈妈说了谎，爸爸和阿姨在一起的时候好像比和妈妈在一起的时候快乐得多，阿姨不会大喊大叫，不会喝酒，也不会骂人。

虽然她被阿姨打了耳光，但并不是很疼。阿姨跟她说了对不起，妈妈一次都没有对自己说过这样的话。

荷英觉得反复让自己好好听阿姨话的爸爸很奇怪，她以为是因为阿姨讨厌自己，爸爸才会嘱咐她小心。但想一想好像又不是，最近阿姨常常会拥抱自己，被阿姨拥抱的时候荷英很想闭上眼睛睡觉，那种感觉很安逸。妈妈不喜欢抱自己，妈妈只有别人在场时才会拥抱自己。

爸爸下楼之后，荷英躺在床上想着妈妈和阿姨。她觉得自己更喜欢现在和阿姨在一起的生活，然后就睡着了。荷英在梦里见到了妈妈，妈妈非常生气，就像那天一样。

——立刻把你爸爸叫过来！立刻！

荷英捂住了耳朵，妈妈尖锐的声音穿透了耳膜。妈妈使劲拧着自己的胳膊，疼得她不得不睁开了眼睛。当意识到这只是一场梦后荷英才安下心。

又是一道闪电，下着雨刮着风。这种日子里，妈妈总会更急切地找爸爸。荷英不愿再去想妈妈的事情了。

妈妈已经死了，已经死了！不要再想了！

但是像今天这样的日子，妈妈仿佛会突然出现，冲自己叫嚷，让她非常害怕。荷英坐起来，抱着枕头，从床上下来。如果有阿姨抱着自己，即使妈妈出现了也不用害怕。她正想出去，却被小狗绊了一下。

小狗吓了一跳，藏到床底怎么也不肯出来，不管怎么叫它也没用。荷英只好把手伸到床下，她摸到了什么，心情一下子黯淡下来。

她从床底下摸出了一根鸟毛。荷英立刻打开抽屉柜，在被子底下翻找了半天，本该在那里的盒子不见了。她能猜到是谁拿走了盒子。荷英抿起嘴，这是她生气时的习惯动作。

她要跟阿姨说个明白，不过在那之前要先把床底下的小狗弄出来。一定是它将盒子的秘密告诉了阿姨，那是他们俩的秘密，它一定知道自己做了错事，所以才会一直躲在床底下。

不保守秘密的小狗要受到惩罚。

抓住了。荷英将小狗拽出来，抓着脖子看着它的眼睛。她抓着不断挣扎的小狗，找出一个藏得很深的棕色瓶子。

善景在巨大的宅子走廊中左顾右盼地走着。她穿着黑色的礼服走过走廊，天花板极高，看不到尽头。她将每一个没有上锁的房间都确认了一遍，寻找着什么。

有人站在走廊尽头的阳光之中，善景向那里跑去。看清那人是荷英的瞬间，孩子仿佛在捉迷藏一般跑到了另一个房间。她的笑声在墙壁之间回荡，扩散到天花板。

善景想捂住耳朵，她奔跑着想要避开那笑声。突然，一根粗绳掉在她面前，末尾系成了一个圈，仿佛在邀请她套住自己的脖子。善景吓得立刻撇开那根绳子，转身跑开。走廊尽头有一扇门。

打开门，荷英正等着她，向自己伸出的手中是满满一把感冒药。

善景摇着头推开她的手，荷英却生气地扑过来，想把那些药全部塞进善景的嘴里。

善景挣开荷英的胳膊，拼命推开她。荷英吓得睁大了眼睛，挥动着双手不断向下坠落。善景一惊，扶着栏杆向下看，只见荷英的腿十分怪异地折断了，一动不动地躺在那里，她大叫着向善景伸出手臂。

不知为什么，荷英的手臂不断伸长，触到了善景的脖子。她环住善景，那幼小柔嫩又温暖的皮肤触感令善景不寒而栗。

她倏地睁开眼，全身都被汗浸透了。明明只是一场梦，但手臂环在自己脖子上的触感似乎还在，她突然后背一凉，摸了摸自己的脖子，当然什么都没有。

这时，她看到荷英正站在一旁低头看着自己，一瞬间她全身的汗毛都竖了起来，刚才的触感也许并不是梦。

"怎么了……？"

荷英的手里拿着枕头，风雨交加的夜晚，她不愿一个人待在房间里。孩子朝她伸出手，碰了碰善景的额头之后又在自己额头上摸了摸。

"好烫啊。"

"是啊，阿姨今天很不舒服，你可以回自己房里吗？"

"不，我要和你一起睡。"

善景想睁开眼睛，但实在没有力气，又沉沉地睡了过去。就连荷英抱住她的腰在旁边躺下，她也毫无知觉。

28

漆黑的天空中划过一道道闪电，和狂风一起，暴雨倾泻而下。

母亲的歌声又开始在脑子里到处游窜回荡，李秉道紧紧抓着自己的头。就算将大脑割去，那歌声也不会停止，这是经历了一生的时间印刻在他每一个细胞中的苦痛。

母亲抓着我的领口，把我摁进浴缸。在摇晃的水波中，我看到母亲扭曲的脸。像是在哭，又像是在笑，那表情看起来太悲伤了。水咕嘟咕嘟涌进我嘴里，泪水涌出来，肺疼得仿佛被撕裂一般，我连流了眼泪都不知道。

母亲将视线投向我，但她并不是在看我。也许她看到的是留在我脸上某处的那个男人的痕迹。我从未听她提起过父亲，我懂得察言观色，知道这是不能提起的事情。

对了，只有一次，母亲主动提到父亲，说他是该死的东西。

她警告我不要提起父亲。那是我第一次得知，我是在一个男人的暴力之下诞生的。虽然我不明白那是什么意思，但通过母亲的表情我能猜到，那是非常残忍、非常痛苦的事情。

——你不应该出生，我一看到你就会想起那个瞬间。

母亲将我的头摁进浴缸，但这样也无法纾解心中的愤怒和痛苦，她厉声尖叫着。为什么不杀了我？如果出生前就将我抹去，母亲和我就不必如此痛苦。

声音响起的同时闪电照亮了牢房，雷就落在不远处。

闪电让眼前一片花白的瞬间，李秉道知道自己不能继续待在这里了，他看了看安装在墙壁一角的摄像头。

那些家伙在办公室里看着吗？

他看了看戴在脚踝和手腕上的手铐。不管以何种方式，他太想让一切结束了。走进牢房后，他曾经以为这一切已经结束了。

杀的人越多，他的内心就越空虚。他为了抹去脑子里的歌声而杀人，但歌声总会再次出现。杀了二十个人之后，他不再听到那个声音，但是现在，又有其他东西在折磨着他。

歌声从一开始就不存在。

杀死母亲后，他过上了平凡的生活。重新开始杀人的时候，他就发觉了。

现在，我会发疯一般地在夜路上徘徊。不管看到谁，我都会瞄准他的破绽，在心里想象着将他杀死。就像某一天突然想喝酒就会去找酒馆一样，我顺从着我的欲望不断杀人。我的双手和双脚已经被血浸透了，我……我只是在为杀人寻找借口。

等回过神来的时候，我已经掐住女人的脖子，哼起了歌。母亲就这样重生了。我一直以为我杀人是为了抹去母亲的歌声，但是现在我明白了，我杀人是为了再次听到母亲的歌声。

我杀死母亲并不是因为憎恨，那恰好是我疯狂地想要被爱的证明。连母亲施舍给迷路野猫的那一小撮微不足道的怜爱，都会让我感到嫉妒，我太渴望了。

只有一次也好，我想看到母亲温柔的眼神，想感受母亲抚摸的温暖触感，想在母亲怀里听着摇篮曲在柔和的摇摆中睡着。

他的灵魂就像被蛀虫啃咬过的树叶一样布满了空洞。每当感受到从空洞中吹过的风，他就会杀人，但他内心的空洞仍无法被填满。

还没有结束。

再见到善景的话，那些空洞就可以被填满，那些像墨水一般吞噬灵魂的空虚就会消失，只要能够再见她一次。

李秉道看着墙上的摄像头陷入了沉思。

要如何穿透这铁壁一般的警备去见善景？看守所因为在押囚犯的自杀事件加强了戒备，像李秉道这样的死刑犯在死之前根本不可能出去。

又是一道闪电，暴雨倾泻而下，仿佛要击碎一切的雨声夹在风声中愈发凶猛。

李秉道终于找到了答案，他立刻开始了越狱的准备。

在警卫室负责监控的狱警突然站了起来，这个动作让一旁跷着腿打盹的狱警也睁了眼。

“怎么了？”

“那……那个疯子割了自己的脖子！”

听了这话，一旁的狱警吓了一跳，赶忙看向屏幕。十几名死刑犯都在睡觉，没有动静，只有李秉道的房间不一样。

他站在房间中央，像是故意展示给他们看一样，面对着摄像头。他露出牙齿笑着，看起来已经精神失常了。黑红的血从脖子上一股一股地涌出，将他全身浸湿，流到地上。这么大量的出血如果放任不管，他撑不了多久。

“快给科长打电话，用紧急线路。”

接到电话的保卫科长下达了命令，立刻叫上看守所医务室的职员去李秉道的牢房确认情况，危急时马上移送附近的医院。他的声音因为愤怒在发抖。

医务室接到电话后，值班人员赶了过来。狱警们带着他赶到死刑犯的牢房，他们把牢房门打开，进去后看到李秉道已经双手抓着脖子倒在了房间中央，地上因为大摊大摊的血水很滑腻。

医务人员立刻上前查看李秉道的脖子，但李秉道痛苦地挣扎呻吟着，无法把他的双手拉开进行止血处理。

“出血太多了，如果是颈动脉，很可能会死亡，要立刻送到医院。”医务人员对狱警说。

两名狱警不知如何是好，对视了一下，掏出钥匙将李秉道手脚上的锁链打开。

“让救护车开到里面来，跟保卫科长也报告一下。”

附近医院的救护车冲过暴雨到达了看守所。

李秉道被抬上担架，送上救护车，两名狱警一起上了车。救护车在暴雨的夜路中向医院飞驶而去。

29

善景一睁眼就看到荷英正睡在自己身边。

她不由得一个哆嗦，翻身转到另一侧。她实在做不到若无其事地面对荷英。这时，随着窗外一道响雷，床头的小台灯灭了。雷落在附近导致了停电。

荷英似乎在睡梦中感到了恐惧，两只手摸索着抱紧了善景的腰。

善景想将那双小手拉开，将她推得远远的。她想大喊放手，碰到一根汗毛都让她觉得可怕，但是她做不到。她转过身轻轻抱住荷英的头，孩子体温偏高，怀中的小脑袋有些烫，被汗水浸湿的头发蹭湿了善景的手。她睡得很沉，舔了舔嘴，含糊地说着梦话，好像在说自己害怕。

“别担心，很快就会来电的。”善景低声念叨，但等了很久电都没有来。

她对荷英的感情太复杂、太微妙，无法用三言两语表达清楚。

善景想起刚刚那个短暂的梦，脑子里浮现出荷英将药递给她的样子。也许是柳警司的话变成了某种暗示，才让她做了那么奇怪的梦。不过多亏这个梦，她发现了一个疑点。毒药，一个孩子要去哪里找到毒药？这就可以推翻柳警司的推理吗？

荷英的母亲是服药自杀的，如果她在母亲房间里发现了毒药，一直偷偷保管到现在呢？这完全有可能。善景又逐渐偏向柳警司的推测。

荷英在睡梦中浅浅地呼吸着，肉嘟嘟的脸颊可爱得让人想要轻轻咬一口。不知道做了什么梦，荷英不时就会皱一皱眉发出低低的呻吟。睡梦中的孩子又是一阵梦呓，善景赶忙用手轻轻拍了拍她，而后荷英便又沉沉睡了过去。

善景看着荷英，内心和窗外的天气一样，狂风暴雨。

在会面中窥探李秉道意识深处的伤痕和看到荷英支离破碎的内心是完全不同的。

李秉道是旁人，是善景的工作，工作结束后，他们之间就不会再有交点。但荷英是丈夫的女儿，自己已经接受了要和她一起生活下去的现实。荷英不是工作，是每天起床吃饭时都要面对的日常。

如果说李秉道是已经落入深渊的黑色灵魂，荷英却还有机会。她还有机会将腐烂的伤口清理干净，和其他人一起过上平凡的生活。现在就是机会。

善景轻抚着荷英的头，思考过去的岁月究竟在荷英的灵魂上投下了多深的黑色阴影。她相信即使是永远无法消除的伤痕，愈合程度的差异也会带来截然不同的结果。善景认为自己是个乐观的人，在她心中，希望永远存在。她曾相信荷英也有那样的希望。

但是现在，她对自己的想法产生了怀疑，她开始怀疑一切是否都太晚了。

将导致妈妈死亡的毒药保管了将近一年，用它杀死了一起生活的外公外婆，而后又为了掩饰这些，放火烧了房子。这种残忍的手段只会出现在李秉道那样的犯罪者身上，绝不是一个脸颊上婴儿肥还未消去的十一岁孩子能做出来的事情。

荷英的心里到底有什么？

善景突然想起对着自己挥舞剪刀的荷英，那天她第一次对荷英产生了恐惧。十一岁少女的心中有一个善景无法想象的存在，年龄并不重要。

睡了一觉之后，药劲过了，善景又剧烈地头疼起来。她看了看表，已经过了一点。没有办法继续躺在荷英身边，她悄悄起身离开了卧室。

30

急救室入口处，事先接到通知的保卫科长已经到了，他全身都被雨水淋湿，看起来甚至有些凄惨。

看到被抬下急救车的李秉道后，他皱了皱眉。囚服上是大片大片的血迹，脸上也全是黑红的血污。

李秉道立刻被转移到在医院门口待命的担架上，被送进了抢救室。

“到底是怎么回事？怎么搞成这个样子？”保卫科长怒气冲冲地抓着一起赶来的狱警问道。

“我也不知道，我一直看着监视器，他突然就拿着什么东西开始割自己的脖子……”

保卫科长用手抹了一把脸，叹了口气。“他这是早就计划好了要给我们惹出个大麻烦，成基哲死了才几天，又闹出这种事！”

虽然不能准确判断流了多少血，但就肉眼可见的出血量来看，情况不太乐观。

保卫科长在心里祈祷，千万不要再发生什么会引起舆论关注的事故了。

因为成基哲的自杀，他被各处问责，这些闹心事还没过去几天，现在又发生了意外。如果传出去，自己怕是要引咎辞职了，无论如何都要把李秉道救回来。

保卫科长把脏话咽回肚子里，走进抢救室。

李秉道被移送到手术室，一边输血一边缝合伤口。根据医护人员的说明，他脖子上的伤口没有触及动脉，只要缝合顺利，输血后就无大碍了。流血过多也不是因为割喉，而是头上有伤，伤口似乎还不止一处。不管怎样，保卫科长总算能松口气了。

手术结束后，李秉道马上被转移到恢复室隔离起来。看到他一边输血一边呼吸均匀地沉睡的样子后，保卫科长才看了眼手表打了个哈欠。

一想到自己半夜被叫起来，心急如焚，疯了一般地冒雨赶过来，他就恨不得立刻上前掐住李秉道的脖子。保卫科长离开了病房，心想一定要让李秉道为今天晚上的这场闹剧付出代价。

他让两个狱警在这里看守，一人在病房里，另一人在病房门口的走廊上。李秉道脖子受了伤，又流了那么多血，恐怕连站起来都不容易，他们根本没有料到他还有逃走的可能性。

保卫科长回到家，准备睡个回笼觉，但躺在床上却总有一种不祥的预感。

李秉道从来到看守所的第一天起，就不断挑战着他的耐心。不亚于柳永哲的自我炫耀，提出各种无理要求。平时毛病也多，只要稍有不满，就会投诉，让狱警们非常头疼。

他想起那个被称为犯罪心理学家的女人。

仔细想来，李秉道是在会面开始后才有了变化。也许是因为有了新的游戏对象，他在牢房里变得安静起来。但随着会面次数的增加，他明显开始不安。当他知道那个女人不会再来的时候，这种不安达到了极致，今天的自杀骚动一定和那个女人有关。

见不到那个女人是这么严重的事？

他从一开始就很不赞同两人的会面。这件事从一开始就由李秉道掌握着主导权，说什么理解那家伙的脑结构意义重大，让那么多人忙前忙后，只为了能让他在希望的时间里顺利会面，保卫科长完全无法理解。

那个家伙明确地指名李善景，而不是其他任何人。

在牢房里竟然还能指使人把自己想见的人叫来，从某种意义上来讲，这也是一种权力了。那个女人好像并不知道李秉道为什么选择了自己。虽然不知道他到底有什么企图，但在这场争斗中他占有绝对优势，满足了他的傲慢。不过，那个女人也不简单。

李秉道因为女人拒绝和自己见面受到了打击，那种丧失感几乎和被判为死刑的那天同样巨大，再也见不到女人的绝望感让他做出了今天这样的事。这件事会到此为止吗？

这种不确定性让保卫科长很忐忑，谁都不知道那家伙还会做出什么事。担心一个接一个地冒出来，困意已经一点儿不剩，愈发强烈的不安感让他无法安心躺在床上。

最终，他还是觉得自己必须回到医院。就在他起身的时候，电话响了。是守在医院的狱警打来的，他说李秉道从病房消失了。该来的还是来了，保卫科长眼前一片漆黑。

他勉强打起精神，冲着手机破口大骂。

那种身体状况怎么可能逃跑？

31

对李秉道来说，查到女人的住址太容易了。

他站在女人的家门前，环顾四周。已经是深夜了，而且还风雨交加，周围一个人影都没有。他一下便翻过大门旁边的围墙，脖子的伤口有些刺痛，但可以忍。在病房用输液管勒住狱警脖子的时候，缝合的伤口差点崩开，如果再用点儿力，滚烫的血恐怕又会从脖子里涌出。

牢房生活教给他不少有用的知识，比如查到李老师地址的方法、让不深的伤口看上去出血严重的方法等等，全都是从牢房的前辈们那里学到的。

他顺利地走过院子。

台风一般的狂风暴雨掩盖了他发出的所有声音。他走到房门前，轻轻用手拉了拉门，门锁着。他马上转身走向右侧的窗户，透过窗帘能看到微弱的光。不停晃动的光看起来像是蜡烛，他这才知道为什么整条巷子的路灯都灭着，因为天气的关系停电了。对李秉道来说，这是个好兆头。

点着蜡烛，说明家里有人。他绕过外墙，走到房子后侧。

能看到一个小窗户，从窗户边的煤气管道可以判断出这里是厨房。他小心翼翼地走到厨房窗户前，确认有没有上锁。他正想试着开门，却透过窗户看到有人走进了厨房。

李秉道立刻紧靠在墙上，脚步声渐渐朝他所在的方向走来。

他听到杯子相碰的声音，然后那人点着了煤气。他微微转头斜瞟了一眼，只见女人正站在煤气灶前，是善景。

善景看着煤气灶上的烧水壶，也许正打算烧水泡一杯咖啡。蓝色火苗照亮了黑暗中善景的脸，她不知为什么陷入了沉思，一侧的头发滑了下来，看不清表情。

李秉道想伸手帮善景把那缕滑下来的头发拨开，他想一边喝着她泡的咖啡，一边将自己的过往都讲出来。他想说的话太多了，善景却不想听。他突然想起善景对自己是多么无情。

说要给我机会都是骗人的，你会为此付出代价的。

李秉道低声哼起了歌。又开始了，但这次应该真的是最后一次了。

屋内突然传来烧水壶的哨音，发着呆的善景回过神往咖啡杯里倒满了水。她不知道李秉道就在这里，不，她根本不关心。

从一开始就是这样，她只想知道他是如何将那些女人杀死的。虽然她尽量装出了关心的样子，但李秉道知道善景在骗他，所以第一次会面时，他才会那么快就结束，其实他没什么话要对善景说，他不想被她发现这一点。

他只是想看见她的脸。

他希望善景能笑着看向自己，倾听他的话，理解他的孤独。但善景说起小时候最早记忆的瞬间，他的期待就破碎了。为什么他遇到的所有女人都会以那么无聊的记忆开始人生？

他希望善景是不同的，他以为善景会更真挚地凝视他的灵魂，就像果树园的阿姨把苏醒的孩子从医院带回自己的家，什么话也不说便接受了他一样，他相信这世上至少能有一个人用同样的视线看到并感受自己内心里那虚无的风景。他以为善景会是那个人，但善景只给他带来了失望。

他看到善景端着杯子走了，留意着她进了哪个房间。等房门关上之后，他又在雨中等了很久。

他重新小心翼翼地挪动了脚步，走过厨房外墙后他看见一个门。

他试着转动门把手，门无声地打开了。担心开门后屋内的人察觉到雨声变大，他进屋后立刻关上了门。屋里很黑，但他已经习惯了黑暗。墙上安装着采暖炉，旁边还放着洗衣机，这里大概是厨房旁边的一个小隔间。

他从洗衣机旁边的衣物篮里拿出一条毛巾，小心地将自己头上和身上的雨水擦掉。他全身被雨水浸透，水流了满地。

他将毛巾扔回衣物篮，打开房门，是善景刚才待过的厨房。

走进厨房后，他看到洗碗池，便朝那边走了过去。

橱柜台面上摆着一个刀架，上面插着几把看起来很锋利的刀。他抽出几把看了看刀刃，然后拿起一把看起来比较趁手的。刀把正好能被他完全握住，就像是在那里等待着他的出现，他不由得将刀握得更紧。

他转过身，小心翼翼地朝善景所在的房间走去。

荷英醒过来后发现自己正一个人躺在宽大的床上，房间里只剩下自己，她环顾了一圈陌生的房间。

阿姨去哪儿了？

窗户外面有一个黑色的影子在晃动，她抬起头静静看着窗外。她有些害怕，但仔细看了一会儿，发现那只是院子里树枝摇晃的影子。

荷英坐在床上思考起来。

她想起阿姨看向自己的表情，在孩子们面前对野猫挥起刀子的时候，他们也都是那样的表情。之后他们就不和自己说话了，所有人都会避开她。阿姨也会露出冷漠的表情转身离开吗？荷英心中生起一股寒意，她不开心了。她想和爸爸一起生活，所以乖乖地听阿姨的话，现在她也想和阿姨一起生活了，但阿姨好像讨厌她了。

爸爸为什么偏偏在这种时候出差？她不能去问爸爸该怎么办，只能自己想办法解决。

她没想到阿姨会知道那件事，都怪那个警察叔叔。

她走进阿姨的卧室，准备在阿姨身边躺下的时候，手机的短信提示音响了。阿姨吃了药正在昏睡，荷英以为是爸爸的短信，就急忙打开了手机，但手机上显示出荷英完全没有料到的信息。

——重新调查朴恩珠自杀事件，发现与鹰岩洞纵火案使用了同种毒药。柳东植

是给自己名片的那个叔叔，朴恩珠是妈妈的名字。荷英低头看了很久，虽然不知道是什么事情，但短信里写着妈妈的名字，她觉得很奇怪。那个警察叔叔好像调查了妈妈，还发短信告诉阿姨，看来他们已经知道自己的秘密了。

荷英立刻将短信删掉，把手机放了回去。

怎么办？我已经决定不把这个秘密告诉任何人，连爸爸都没有告诉，可是阿姨知道了。她会告诉爸爸吗？如果爸爸知道自己放火烧了那个家会说什么？

荷英想象着爸爸会露出怎样的表情。

她有些害怕爸爸会生气。她现在什么都不想思考，只想在阿姨

身边睡一会儿。阿姨发出了呻吟声，看起来有些痛苦。她摸了摸阿姨的额头，很烫，看来是真的生病了。这时阿姨醒了，让她回二楼房间，但她还是在阿姨身边躺了下来。

等她醒过来后，阿姨却不见了。

她担心阿姨已经打电话给爸爸了，不过阿姨的手机还放在床头柜上。看来阿姨并没有去打电话。

我必须先告诉爸爸。

荷英开始思考要如何跟爸爸说。

如果知道自己放火烧了外公外婆的家，爸爸一定会不高兴，而且她还留着和爸爸说好要扔掉的东西。他一定会想起那件事，对自己发火。等爸爸出差回来之后，阿姨肯定会把那件事告诉他。

阿姨知道太多自己的秘密了，放在抽屉里的小鸟也被阿姨发现了。想到这里，荷英变得有些急躁，她想知道阿姨在做什么。

荷英打开卧室的门，轻手轻脚地走到书房门前，阿姨一定在这里。她将耳朵贴在门上，听着里面的声音。书房里传出男人的声音，荷英差点儿叫出来。爸爸还在出差，那这个男人是谁？荷英重新将耳朵贴上房门。

她的好奇心越来越强烈。

男人巨大的手掌捂住了她的嘴。

坐在椅子上陷入沉思的善景根本没有听到有人进来的脚步声。男人突然扑过来，一只手抱住她的身体，另一只手捂住了她的嘴，善景完全没有机会做出反抗。而且，自己身前的手里还握着一把刀，巨大的恐惧淹没了她。

怎么会有陌生男人进来，应该是趁着雨夜翻墙进来的，善景全身的神经都绷得紧紧的。这时，男人开口了，是熟悉的声音。

“你不来见我……我就来了。”

李秉道。是他，并不是完全的陌生人，这让善景感到了一瞬的安心，但很快她的心就完全凉了。

他从看守所逃出来了。

她不知道他是如何逃出来的，还找到了自己的家，但这种肆无忌惮的行动力让善景对他现在的心理状态有了大致的猜测。他自己选择走进了死路，这意味着他已经不在意死亡，他已经毫不畏惧。

他淋了很久的雨，冰冷又潮湿的身体让善景竖起了汗毛。为了隐藏住自己的恐惧，善景尽量放松紧绷的肌肉，让自己看起来从容不迫。

李秉道感受到她的动作，将紧紧缚住善景的手臂稍微松了一些。

“你先答应我，我松了手也不会大叫。”

他的气息吐在善景的脸侧，他就在旁边。

善景不动声色地点了点头，于是李秉道放开了捂在她嘴上的手。

“你把刀……也放下吧？你并不是为了杀我才来的吧。”

“我还……没决定。”

善景静静等着他接下来的动作。他将鼻子埋进善景的头发，闻了一会儿才把善景放开。一直处于紧张状态的善景这才轻轻舒了一口气，转身看向李秉道。他挠了挠头，往后退了一步，把刀放在书桌上。

不知是不是因为冷，李秉道突然哆嗦了一下，善景将丈夫挂在椅背上的外套递给他，李秉道却摇了摇头。

“会感冒的。”

李秉道听了这话，咯咯笑了起来。他慢慢地环顾了一圈书房。

“这……就是你的世界？”

善景忘了回答，看着眼前的李秉道。但即使亲眼见到，她还是无法轻易相信。现在应该在牢房里睡觉的人为什么会出现在自己眼前？怎么想都像是梦。

“你能告诉我发生了什么吗？”

李秉道正看着书架上的书，他回头朝善景笑了一下。

“我在哪里重要吗？对我来说，现在跟你在一起才是最重要的……”

善景脑子里闪过保卫科长的脸，最希望李秉道回到原位的一定是他，他知道现在正在发生的这些事吗？

“终于到了回答你第一个问题的时间了。”

李秉道想起第一次见到善景的情形。

这次，他将果树园的故事讲给了善景听，是关于绒毛妈妈的回答。他看着认真倾听的善景，仿佛重新回到了果树园。

他想结束这漫长的旅程。

没有人是出于自己的意愿来到这个世上的，但活下去，或停止活下去，是可以由自己的意愿决定的。

脑子里不再响起那首歌，他感到了安心。杀人不是他的意愿，是别无他法的选择。被警察抓住，关进监狱也没关系，他只想让一直以来折磨自己的歌声停下来。不管他如何留意去倾听，也听不到了。现在他终于可以伸开腿睡个好觉了，即使是牢房也没关系，即使是关押死刑犯的牢房，他也会感激。母亲的亡灵终于离开了。

见到善景之前他是这样想的，但善景让他陷入了混乱。他终于重新见到了无比思念的人，但同时，他又绝对不想让对方看见自己的样子。他不能用这副丑陋的模样去见她，但二十年才等来的机会不能就这样放弃。最终，想要见面的欲望胜利了。

但善景不是果树园的阿姨。他吃了善景给他的苹果，没有那么甜。在天堂尝到的苹果，就像再也无法拥有的梦境一般。

“你怎么能这样对我，怎么能不告而别？”

“我觉得这样对你更好。”

李秉道摇头。

“不，你说谎了。你说会给我机会，却没有给。我因为歌声快要疯了，你眼中根本没有我。你也一样，我以为你是果树园的阿姨，但你和我母亲一样。”

“我哪一个都不是，这个世界上不是只有你的母亲和果树园的阿姨……”

善景还有话没说完，但李秉道并不想听。他扑向善景，掐住她的脖子，看着她的眼睛。现在，他听不到她的声音了，歌声代替了善景的声音在他的脑子里砰砰作响。

他最后一次哼起歌，心想，除此之外没有办法让歌声停止了。

“只要一句话……只要你跟我说一句就好。你就这么讨厌我吗？连一个瞬间都没有高兴过吗？……我从没让你笑过吗？”

善景看着他的眼睛，感觉到危险，拼命开始反抗。但这种程度的反抗完全被李秉道压制住了，他掐着善景的脖子，感受自己手臂上血管的膨胀，在心中数起数字。

他将善景用力推到墙上，掐着她脖子的手开始用力，女人剧烈的动作立刻变得迟钝下来，大口喘气的呼吸声渐渐变弱，气息碰到他的脸颊。他用尽所有的力气掐着她，女人紧紧抓着他的手臂、不断挣扎的手突地落在空中，无力地晃着。

死亡竟是如此简单。

他松开一只手，将落在女人脸上的头发拨到一边，然后将自己的额头对上女人的额头闭上了眼睛，他眼里噙满的泪水顺着脸颊落了下来。

这时，他感到肋下一阵强烈的刺痛。

李秉道转过头，看了看自己的肋下，那里插着一把刀。

奇怪，他明明将刀放在书桌上了。等他抬起头，发现一个女孩在几步之外正看着自己，看来是她用刀捅了自己。孩子没有一丝惊慌的神色，睁着一双清澈的大眼睛看着眼前的一切。

这个孩子就是你的猫吗？

李秉道松开掐着女人脖子的手，摸了摸自己的肋下，没有流太多的血。他讨厌身体被刺入的异物感，咬着牙将刀拔了出来，血立刻喷涌而出。

刀子很巧妙地从肋下穿过肋骨刺进了肺部，每喘一口气似乎就有空气泄出来。手里没了力气，被他用一只手掐住的女人似乎恢复了意识，挣脱开了他的手臂。

李秉道倒在地板上，身上的感觉变得不一样。

他感到灵魂正在脱离肉体，本能地意识到自己马上就要死了，每一次呼吸都有血从肺部深处流出来。他开始咳嗽，嘴里立刻吐出了血，呼吸也变得非常困难。血不断从身体里流淌出来，流过他躺在地上的身体，沾湿了他的脚。

他感觉大片的雾气汇聚到自己的视野中，用尽所有的力气想要睁开双眼。他看到那个女孩走过来，眼中充满了好奇，他的血液流到了孩子脚下。李秉道无力地躺在地上，感受着自己，露出了空洞的笑容。

突然间，明亮的光充满了他的视野，他躺在地上望着那片刺眼的光。来电了，日光灯的光线刺进他的瞳孔。

他看到清醒过来的女人挡在了孩子前面，拉着她往后退了好几步。李秉道伸手想抓住善景，但别说手了，他现在连睁开眼的力气都没有了。

他本以为死亡根本不算什么，就是一切的结束，黑暗，消失。但死亡真正到来的时候，他才意识到，死亡不是黑暗，只是暂时地停电，不是消失，而是进入另一个世界。

他害怕自己会带着现在的意识和记忆一起走，一直延续着这样的意识和灵魂开始下一世，这让他战栗。他以为死后的世界只是人们为了战胜恐惧而创造的幻想，但那不是幻想，是贯穿意识的另一个宇宙。唯一值得安慰的是，折磨了自己一辈子的歌声现在正在抚慰拥抱自己。

他闭上眼睛，听着母亲的歌声。

和他珍藏在心中最初的记忆不同，母亲的声音明亮又温暖。他静静地等待着母亲的触碰，他等待了一生，母亲宽大温暖的手掌抚摸着他的头、眼睛和鼻子。他这才感觉到自己一生都没能填补上的空洞被填满了，折磨了他一生的歌声就这样消失了。

“他死了？”

他听到女孩的声音，但那声音也渐渐变远了。

荷英一直伸着脖子看向死去的男人，善景带着她离开了房间。她担心李秉道会重新活过来，转头看了一眼，但男人闭着双眼，僵硬的面庞放松下来，嘴角浮出了微笑。也许死亡反而能让他安息。

善景来到客厅的时候，卧室的手机响了，她赶忙跑过去接了电话，是看守所的保卫科长。这个电话实在来得太晚了，但善景已经没有余力去指责他的失职了。

善景没等他说完便简短地说：“他……在我这儿，您过来……把他带回去吧。”

她没有详细说明，只将地址告诉对方便挂了电话。

善景全身抖个不停，已经站不住了。她瘫坐在沙发上，荷英站在稍远一些的地方，呆呆看着善景，好像因为之前的事情受到了惊吓。

如果不是荷英，善景已经被李秉道杀死了。她心中有感激，但心情又很复杂。

“你还好吗？”

面对善景的问题，孩子没有回答，只是看着她。善景赶忙起身走过去，想看看孩子有没有受伤。她抚摸着荷英的头、手臂和腿，问她有没有哪里疼。

荷英什么都没说，默默把手伸到善景面前。血，两只手都沾满了血。

荷英似乎被染了血的双手吓到了，不知该怎么办。她看向善景的眼睛像冰冷的夜风一样幽深寂静，无法估量她心中究竟泛起了怎样的波澜。荷英伸开手掌又攥起拳头，感受着已经有些凝固的血液触感。

善景赶忙拉起荷英的胳膊朝浴室走去。

她打开水龙头，使劲拽着荷英，让她把手伸过去，孩子手上的血迹渐渐被水冲洗掉。善景将洗手液抹在荷英手上搓出泡沫，仔细地洗，绝对不会留下一丁点儿血迹。她洗了又洗，把荷英的手都搓红了，仿佛不这么做的话，李秉道的血就会渗进荷英的体内，污染了那幼小的灵魂。

光是想想都令人毛骨悚然。

“别洗了，疼。”

荷英把自己的手抽回去，善景这才回过神来。疯了一般给自己洗手的阿姨太奇怪了，荷英犹豫地向后退了退。

善景从柜子里拿出毛巾递给荷英，但荷英没有接。等荷英出去之后，善景才用冷水洗了把脸，清醒了些。

她抬起头看到镜子里的自己，太狼狈了。抬头查看了一下脖子，红色的掌印很明显，也许是因为拉扯到了肌肉，疼得厉害。

善景来到客厅，荷英正坐在沙发上，就像她第一次来到这里的时候，透过窗户望着院子。善景看着荷英出神的样子，莫名有些不安。

“荷英……没事吧？”她走到荷英身旁坐下。

荷英用手指着窗外。“风停了。”

善景也转头看向院子，猛烈的暴雨已经退去了怒气，平静下来，一直在风中摇摆的柳树这时也耷拉着被雨水打湿的枝丫。

荷英说完又无言地看向窗外，这种沉默让善景有些害怕，她紧紧地盯着荷英的脸。从荷英的脸上看不出她在想什么，这让善景非常不安，她再也无法忍受，转开了头。

“阿姨，你现在……不想跟我一起生活了吧？”

荷英的话让善景吓了一跳，她回过头，对上了孩子的视线。她不知道该说什么，有些无措。荷英静静地等待着她的回答。

善景看着注视着自己的荷英，犹豫了一下回答道：“……等你爸爸回来之后我们一起商量。”

孩子脸上露出了失望的表情，转身上了二楼。

善景独自在客厅等警察来，焦虑地咬着嘴唇。

一想到荷英，她就感到一股滚烫涌上喉咙，她使劲想将这种感觉咽回肚子里，却怎么也压不下去。最终，善景还是失声哭了出来。

这不是孩子的错，她只是渴望着被爱，根本不知道为什么会遭受母亲的虐待。如果说这让孩子的灵魂出现了裂缝，那么今天晚上发生的事情又会给她留下怎样的痕迹？虽然不是自己犯下的错误，但善景意识到，自己做出了比荷英亲生母亲还要可怕的事情。

如果没有和自己一起生活，荷英不会经历这样的事情。善景很害怕，她甚至想随便找个人问一问，为什么荷英总是会遇到这样的事情。荷英的命运就像是在按照早已准备好的剧本进行着。她很害怕，不敢去确认那命运的尽头是什么。

善景想要否认，她使劲摇了摇头。

不行，不能这样，怎么会这样，停，停下来。

不要继续折磨这个孩子了。

32

警察们为了保留现场没有让保卫科长进入书房。

保卫科长在书房门口不时向屋内探头，等着科学搜查班结束初步勘查。过了一会儿，他走到善景这边，在周围徘徊起来。善景正坐在沙发上接受刑警们的问话，偷偷斜眼瞟了他一眼。

保卫科长看起来反而安心了。李秉道没有跑去别的地方，而是来到这里死掉了，对他来说，这算是不幸中的万幸了。虽然会被问责，但这么快就能解决越狱事件，还不算是最糟糕的结果。

“也就是说，他勒着您的脖子，因为突然来电吓了一跳，您趁着他犹豫的瞬间用他拿来的刀刺伤了他？”

“对。”

面对刑警的提问，善景垂眼答道，一手摸着脖子，露出疼痛的表情。刑警们没有漏看她脖子上的伤，一名刑警凑过来仔细查看了伤处后在笔记本上写下了什么，另一名搜查队员从各个角度给她脖子上的伤拍了照。

善景对刑警们说谎是为了荷英。

如果被人知道是荷英杀死了李秉道，他们一定会向荷英细细询问当时的情况。结论当然会是正当防卫，但想到孩子以前的经历，她决定将事实稍做改变。

而且还有纵火案。如果荷英在回答刑警们提问的时候稍不注意，事情很可能会朝着意想不到的方向发展。她只是想在丈夫回来之前保护好荷英。

“您真的不用去医院看看吗？”刑警们合上笔记本问善景。他们没有多问什么，看来是相信了善景准备好的说辞。

现场发现的刀上有善景的指纹，这个屋子里的其他人就只有在二楼房间里睡觉的孩子。孩子在风雨声中睡得很沉，实在没有什么值得怀疑的地方。

刑警们非常同情和杀人犯面谈后反而受到了死亡威胁的善景，他们结束了询问，起身朝书房走去。

一直等着和善景说话的保卫科长见刑警们离开，立刻坐了过来。

“这是怎么回事？”

“这应该由我来问您吧？”

保卫科长的表情僵了一瞬，立刻又放松下来。今天这些事说起来都是他的责任，现在不管善景对他说什么，他都只能低头认错。他立刻放低了姿态，迎合着善景。

“我们被他的表演给骗了，就跟您一样，谁会想到他流了那么多血还能从医院里逃走呢？”

善景这才大概猜测到事情的经过。李秉道是不可能逃出铜墙铁壁一般的看守所的，想要越狱，就必须找到离开看守所的机会。如果是医院的话，人们很可能会放松警惕。

“那家伙跟您说了什么？”保卫科长眼里带光，等着善景回答。

其实保卫科长非常吃惊，他没想到李秉道为了见善景会冒这么大的危险强行越狱，从他第一次指名善景开始，一切就很不寻常。保卫科长知道，李秉道下定决心越狱是因为善景。

他知道善景对李秉道来说是个特别的存在，但并不明白其中的缘由，他很好奇是什么让李秉道动摇了。

“他说只要他想，随时都能来见我。”攻击就是最好的防守，善景没有给保卫科长好脸色。

她不想听到他对李秉道的事情随意议论，实际上她无法将李秉道最后一刻眼神中承载的感情传达给任何人，她从那一道眼神中读到了千言万语都表达不出的情感。她不想让李秉道心中那深入骨髓的孤寂成为保卫科长茶余饭后的谈资。

有些人会因为天生的敏感伤害到自己的灵魂。善景没有兄弟姐妹，她带着这种孤独过早地失去了母亲，此后心中就一直怀有一种空虚感。李秉道的话说进了善景内心深处，那是无人能够碰触到的地方，她并不想对这种旁人无法理解的共情做出更多的说明。

保卫科长似乎有些不悦，他看了看善景，等李秉道的尸体被抬出书房后，便起身跟在后面向屋外走。走到玄关的时候，他回过头对善景说：“我早就说过了，和那家伙扯上关系不会有什么好事。”

他微微点了下头当作是道别，然后便离开了。

善景从沙发上起身，朝书房走去，正好碰到刚才问话的刑警走出来。

“今天您最好把门关上，明天我们会联系犯罪受害者支援中心帮您清理。”

善景点点头，向书房里看了看。

李秉道倒下的地方全是黑色的血迹。

刑警将书房门关好，一般警员拿来黄色的警戒胶带，贴在房门上。

警察离开后，家里变得非常安静。

善景看了看被台风席卷过后的家，然后上了二楼。

荷英还睡着，善景帮她把踢开的被子重新盖好后便离开了房间。

她来到客厅，确认门窗都锁好了。外面的雨差不多停了，回过神的时候，连头痛也消失了。

强烈的困倦涌上来，仿佛全身的力气都被耗尽了一般，善景把客厅的灯关上，走进卧室。

一钻进被子，她就昏睡了过去。

一夜无梦。

33

善景感觉自己好像睡了一个星期，但睁眼一看，时针才刚过八点。经过那么一场骚动之后，她本以为自己在过度的疲惫之中会睡很久，但实际上竟然还不到三个小时。

善景起床打开窗帘，视野中都是被清澈的天空和明媚的阳光。昨晚的狂风暴雨简直就像一场梦，但院子里凌乱的痕迹证明了一切的真实性。

狂风吹过的院子里，四处散落着垃圾。一大早就有这么多要做的事情反倒是件好事，身体动起来，大脑就可以慢慢思考以后的事情。

善景整理床铺的时候，听到客厅里有动静。荷英这么早就起来了？她刚想出去看看，门就被打开了。

荷英端着托盘，给善景送来一杯牛奶。

善景十分惊讶，荷英昨天经历了那样的事情，现在竟还能若无其事。难道她已经对死亡习以为常了？

荷英平静的表情让善景心乱如麻。昨天帮荷英洗去手上血迹的时候，善景意识到一个可怕的事实。她那么拼命地将荷英的手洗到发红，正是因为那个让荷英双手染上血的人就是自己，是她让孩子那勉强维持着平衡的灵魂越过了临界点。

如果善景只是一个平凡的主妇，还会发生昨天那样的事情吗？荷英已经有过杀人的经验，现在，又一次杀人的经历与它重叠在了一起。昨天荷英低头看到自己手上血迹的时候想到了什么？这些想法让善景生起一股寒意。

也许自己根本不该和荷英相遇。

“阿姨，你好点儿了吗？”荷英将托盘放在床头柜上问善景，她在按自己的方式关心着生病的阿姨。

善景看了一眼荷英端来的牛奶，心情复杂地转开视线。

“我有事情想问阿姨。”荷英坐在床沿问道。

“要问什么？”

“那件事……你会告诉爸爸吗？”

荷英说的那件事应该就是火灾，将外公外婆杀害后放火……她最害怕的就是这件事被爸爸知道，不，比起这个，她害怕的是因为这件事不能和爸爸一起生活。她做出那么可怕的事情不就是为了跟爸爸一起生活吗？

“阿姨不会跟爸爸说。”

荷英脸上露出了安心的表情，但听到善景接下来的话后，她又僵住了。

“我希望你自己去跟爸爸说，如果你不说，就只能由阿姨去说了。”

“一定……要说吗？”

善景没有说话，她看着荷英的眼睛。荷英看到善景的眼神，只得低下了头。

“我知道了。”荷英小声回答后，陷入了沉思。不过她很快就重新打起精神看向善景，像是刚想起来一样，将牛奶递给了她。

善景什么都不想吃，摇了摇头。荷英露出了失望的神色。看到孩子这样的表情，善景实在无法拒绝她的好意，接过了牛奶。

荷英没有要离开的意思，她看着善景开口说：“阿姨你很讨厌我，对吗？”

“不，阿姨喜欢你。”

“骗人，你根本不了解我……”孩子的声音有些沙哑。

“不了解也可以喜欢，阿姨真的想和你好好相处。”

这是善景的真心话，虽然一切来得突然，但和荷英一起生活的日子里，她能感觉到她们正在慢慢变成家人。

“爸爸喜欢阿姨，我……讨厌你。”

荷英冷淡下来的声音让善景很心疼。她突然有些哽咽，没有回答，拿起手上的牛奶喝了一口。

“我只是想和爸爸一起生活……”荷英仿佛伤心了一般自言自语道。

“你可以和爸爸一起生活，不过要先跟爸爸坦白。”

善景又喝了一口牛奶，她只想让荷英赶快离开房间。而荷英看着她喝下牛奶，突然笑着轻声道：“阿姨，我告诉你一个秘密吧？”

荷英眼中闪着光，面带微笑。善景看着和刚才完全不同的荷英有些害怕，突然觉得胸口有些闷，生出想跑去浴室呕吐的感觉。

“你知道我妈妈是怎么死的吗？”

荷英的母亲是服毒自杀的，但看到荷英满是笑意的脸后，善景突然觉得她想错了。不好的预感让她感觉肠胃也翻滚起来。

“是……怎么死的？”

“就像阿姨现在这样，喝了牛奶之后死的。”

“……！”

“爸爸跟我说，如果妈妈让我非常非常疼，就把药放到牛奶里给她。”

“那，那药？”

“药是爸爸给我的，他说吃了药就会睡着，可能是我放了太多让妈妈死掉了。”

善景已经无法思考，手脚开始麻痹，她不停按揉着双手，头也变得沉重起来。

“那是爸爸和我两个人的秘密，后来爸爸让我偷偷把药扔掉，但是我没有扔。”

荷英从衣兜里掏出什么，伸出手，手掌里是一个小小的药瓶。

她怎么没有想到呢？丈夫是医生，拿到毒药对他来说太容易了。善景想起自己提到荷英母亲时丈夫过度敏感的反应，她本以为那是因为前妻对他造成了过大的伤害，没想到竟还有别的理由。

她突然很想知道丈夫将毒药交给荷英的本意。

是因为不忍继续看到孩子被母亲虐待，还是为了摆脱前妻做出的自救行为？她不知道丈夫将药交给荷英的意图，但这一瓶药害死了荷英的母亲、外公和外婆，现在连善景也要成为它的牺牲者了。

善景不由自主地笑了出来，荷英看到善景的笑有些不解地歪了歪脑袋。善景因为昨天晚上让荷英经历了可怕的事情无数次地自责，但是以荷英现在的状态，善景的关心已经于事无补了。

荷英睁着大大的眼睛观察着善景的变化，她的眼睛里透着期待。

善景感到了恐惧，这个孩子会如何长大？未来会有什么样的事情等待着她？

到底是谁将荷英变成了怪物？是虐待孩子的母亲和将毒药交给她的父亲，还是让她经历了又一次杀人的自己？不断涌上的困意打断了她的思考，好奇怪，她明明已经好好睡了一觉，为什么还这么困？

善景倒下之前，荷英接过了她手里的牛奶。

善景无力地倒在床上，荷英立刻熟练地将被子盖到她身上。荷英紧紧抱住善景的腰，对她说："你知道吗？我直到昨天都很喜欢你。"

"……"

"我还想，如果阿姨是我妈妈就好了……"

善景的眼睛已经快要睁不开了，看不清荷英的脸。这时，她突然想起李秉道。

见到他以后的一切就像是恶魔跟自己开的一个玩笑。

恶魔杀死了李秉道，然后又造出了另一个怪物，是杀掉李秉道之后才终于完成了新生的另一个怪物。

年幼的荷英笑得天真烂漫，对于恶魔的计谋毫不知情。不，也许荷英就是恶本身，而制造出这个恶的人，就是荷英的父母，是我们所有人。

善景知道荷英的终点会是什么样。

李秉道用自己的死亡将它展现给了善景。

善景想知道，很久很久以后，当荷英面对死亡的时候，当她确认了生命的终点之后，会露出怎样的表情。

意识陷入沉睡的瞬间，她听到了荷英明朗的声音。

“晚安……妈妈。”